給

親愛的彩華

無言感激

大拇指叢書

昨日嗟跎

作者　　　肯肯
編輯　　　許迪鏘

出版　　　文化工房
　　　　　香港九龍青山道 505 號通源工業大廈 6 樓 C1 室
　　　　　電郵　clickpress@speedfax.net
　　　　　電話　5409 0460　傳真　3019 6230

香港發行　香港聯合書刊物流有限公司
　　　　　香港新界大埔汀麗路 36 號中華商務印刷大廈三字樓
　　　　　電話　2150 2100　傳真　2407 3062

台灣發行　遠景出版事業有限公司
　　　　　220 台北縣板橋市松柏街 65 號 5 樓
　　　　　電話　02 2254 2899

印刷　　　約書亞創藝有限公司

出版日期　2017 年 1 月　初版

國際書號　978-988-77845-3-1

上架建議　香港文學：新詩、散文

昨日蹉跎

肯肯

前言（2016/06/24）

寫字是自療，是印記平常日子。

擱筆十年後，開網誌週記，歲月期期艾艾，客地人生，尋求此心安處。眼前人，身邊事，瑣瑣碎碎，吟吟沉沉。三幅被，溫暖陌地淒冷孤清的生涯。

今回網文結集，摯友秀雯費神用心由頭讀一遍，寶貴意見，心存感激。藉此乘機重組文理，一冉更改修辭用字，試圖澄清表白，傳遞心意。靜候迴音。但願有。

大半生人，三冊書，「年」「月」「日」，昨日蹉跎，今天無憾。

可以無憾，全因，親愛的彩華，無私，肩承家庭的重擔，容許我們，各自成家立業。言辭不足以表達，刻骨銘心的感激，敬意。

散文

詩

（二）我們我地

序：

當年確信今猶信　歲月蹉跎且梭巡

一九八七年十月，肯肯給一位朋友在她剛出版的《當年確信》扉頁上寫了幾句話：「婚姻與孩子揭開你的新一頁，我也預備好了，因為大家幫我把過去灰暗的日子都釘裝起來，揭揭都過去了。」揭開婚姻與孩子新一頁的，正是我的妻子，我們的兒子剛在五月出生。「我也預備好了」，預備好了甚麼？至少我並不十分明白，後來自然知道，她也將踏上婚姻之路，這條路很長，由香港一直延伸到英國倫敦。

那時大家仍為《大拇指》憚精竭力，儘管財政上捉襟見肘，精神上早已透支，但已沒有像初期那樣，隔不多久便討論能不能、應不應繼續出下去，都準備了有一期出一期，直到有一期在我手上遲遲沒印出來，大家都不催不追，彷彿都有一個默契，不出就是沒有了。那是一九八七年二月。我常安慰自己，不想有停刊一日的來臨，卻又期待已久，

隔了幾個月再出，不但大大脫期，也好像有違大家的期待。那真是充滿所有可能的矛盾的年輕歲月，回頭再看，不得不有點驚心。

我很善忘，但在這段年輕歲月中有一件事我倒印象深刻。大拇指同人都很木訥，去老大、肯肯或夏潤琴家「聯誼聚會」，往往是在書架和報紙刊物堆撲一會，便各自佔領一角，埋頭翻書揭報，悶蛋得很。有一段時期在也斯家當編輯部，在那兒開會、排版、摺報紙寄訂戶。都是有必要的話便說，否則無言相對，自顧自做事。有一天下午，應是一個周末或周日，大家在排版呀甚麼的，肯肯遲來，身旁卻有一位男士，說是出海回來，順道來看看。姓名也許介紹過，但沒怎麼說話。大家繼續工作，也沒說甚麼，頂多是偷眼望，心裡有某種不宣的言說。那以後，大家（也許應該說我）若有所待而終歸消寂。好些日子後，肯肯的故事翻過了新的一頁。

這些往事，本來無須重提，但肯肯寫了，我便釋然，雖然並不肯定，《綠苔》裡所寫的「你」，跟當天我們所見是不是同一個人。流水光陰，年輕時我們都有過不同的追尋，we chose it, win or lose it，恐怕是失落的多，能握在手中的，自當珍惜，努力於茲。我很高興讀到這篇文章。

一九九一年肯肯寄給我們一張她初生女兒的照片，照片上的日期是Aug 13 '91，照片背後這麼寫：「爸爸媽媽說他們仍掛著『L』牌揀女無暇寫信，因為手忙腳亂，烏眉瞌睡，所以我來向叔叔姨姨請安！鍾晴」。鍾晴的晴字，我們不難聯想到「道是無晴卻有情」的「情」，這個初掛學字牌的母親，當是個有情的人。小晴的英文名Julia又如何？一九八二年十月十七日星期日大拇指電影籌款（感謝中文大學香港文學資料庫的存檔，要不，我哪來記性記得這麼精確），放映的就是《Julia》（在凱聲戲院，樓上二十元，樓下十二元、十五元）。反納粹分子茱莉亞，由雲妮莎列格芙飾演，一個獨立而堅強的女子，她的好朋友莉莉安（珍芳達飾）是個作家，一天向她哭訴，說寫不出東西，怎辦？茱莉亞說，寫不出東西沒甚麼大不了，去餐廳捧餐，一樣可以生活。一齣電影，我記得的就是這句話。Julia會不會來自這電影？我常懷疑。肯肯提醒我，原來我曾寫電郵問過她，還自作聰明的解釋，是英國惡劣的天氣，需要陽光照亮你們的生命？Julia其實也就是July，她生於七月。

幾年前肯肯回港，和她喝了一頓茶，那時我和江瓊珠在已結束的數碼電台有個讀書節目，想請她做訪問，江問：認識肯肯的有沒有一百個人？我說恐怕沒有。江又問：咁佢

有冇故仔。當然有,我說。那次和肯肯的會面,我卻完全沒有提訪問的事。會面後,我有一段簡短的紀事:

「見了肯肯,談了半個下午,對連打個電話也怕的人(我何嘗不一樣),我決定放過她。我們談的主要還是兒女和家人。肯肯說,女兒在大學讀音樂,小提琴每次拉完聽眾都讚好,可她不喜歡獨奏,說不習慣 under the limelight(太像她的母親),只想加入樂團,或小組演奏,又因喜歡寫作,畢業後想做個 music journalist。That's fine,母親說。可有一次,她看到有人做出一個哈里波特城堡蛋糕,就立志整餅,做一個 artist baker。That's fine,母親說。她的女兒,現在自稱為 the aspiring baker(立志做個烘焙師的人),有一個博客:theaspiringbaker.wordpress.com,記錄了她在整餅路上的每一步。我這個叔叔必須弄好身體,希望有一天,能吃盡她餅店裡的所有蛋糕。」

本書的讀者應該知道,茉莉亞刻下在一家五星酒店當大廚副手(肯肯補充:已於去年中辭任,話要離開 fine dining 一陣。現在任 icer 替 bespoke handmade biscuits 畫花樣,在公司內專責 design and development)。她的博客,不再叫「立志當烘焙師的人」了,改稱 A Life Imperfect(未完成的人生:ofnotesandsilence.wordpress.com),文藝

氣息應承襲自母親吧。最新（寫此文時）的帖文寫她在海德公園聽Carole King的情景和感受：

「The evening has grown dusky and the air is cooling after the day's scorching sunshine when Carole King looks out at the vast crowd gathered in Hyde Park and begins to play You've Got A Friend.

All around me, people sway in time to the music, putting their arms around friends and loved ones, holding hands and revelling in the wonder of this moment. More than a few are crying too, tears of joy rolling down their cheeks, mopped up with sleeves even as they laugh and grin.

"I like it when you sing," Carole says, and it is a heady, magical moment as fifty thousand people raise their voices up to join hers.」（暮色四合，日間熾熱的陽光隱退，空氣漸涼。此時，Carole King望向簇擁在海德公園的人群，開始唱《你有一個朋友》。四周的人隨著音樂擺動，手臂纏著手臂，與朋友和相愛的人，手牽手沉醉在這一刻中。許多人也在哭，歡欣的眼淚流下臉頰，用衫袖揩乾，臉上掛著笑容和開懷露齒。卡露京說：『我喜歡你們一起唱。』五萬人那就吊高嗓子跟她一起唱，真是振奮人心的

美妙一刻。)

茱莉亞肯定也會是個稱職的 music journalist。

我和肯肯其實不算很熟（套用我在《我們都在讀西西》裡劈頭第一句話：我同西西唔係好熟），不熟的意思是我對她的個人生平所知其實不多，只是通過作品認識、感受她的心路、情路。情在這裡是個泛指，包括對親人、愛人、女兒、朋友、鄉土、鄰里，以至日常生活事事物物的情。她的文字很輕巧，情卻是濃重的。說她的文字輕巧，是她愛用短句，如：

「十五年前，還在倫敦西部，生活上遇挫折，失業，也失去自信。不肯就此屈服，尋尋覓覓，東北行九十四哩，另找駐腳處。」(《這十五年》)

「從前方圓卅哩只有一超級市場，時移世易，今時今日，總有一間喺左近，薑蔥蒜都有，不過，九十便士一粒蒜頭，來了廿四年，我仍要折算，嘩十蚊粒。」(《難為無米炊》)

「今夜月明，千里迢遙，但願，人長久。」(《今夜月明》)

「問路，竟然感到為難。有人寧願團團轉繞圈也不肯停下來，開口，問取指引。是羞怯性格內向拘謹，怕與陌生人，打交道；還是不願，示弱呢？不去問，得不著。不是嗎。」(《問路》)

這些短句各有作用，或表示一步一足印的生活困境，或生活逼人的氣急敗壞，或一字一頓的至誠祝禱，或怯怯懦懦的怕生。不純粹是以獨特的句式「吸引眼球」，而是形式與內容的統一。這種句法，用得不好，會顯得造作生硬，肯肯用得純熟自然，且自一九八七年的《當年確信》，二〇〇四年的《眉間歲月》以來，便如是，是她的signature，之一。

我們也自然會注意到，文字中粵語的運用，以及粵語流行曲（很「老餅」的那些）曲詞的無縫鑲嵌。我認為立意很清晰：鄉音無改鬢毛催。示不忘本的意思。

卡爾維諾說，空的水桶才能盛水，因其輕，才能載重。肯肯的文字輕盈，底裡卻莫不是厚重的情意。她的記事是片段式的，中間留有不少空白，讀者若能用同情、同理心予以填補，自然有更深的體會。

也許，我還是以對肯肯有限的認識，補充一點她的生平事實，這樣，或有助讀者串連書中的細節，對她的time line能有較具體的理解。

肯肯，在港時任職銀行，由櫃員開始至 Start up ATM Service 至放款部至培訓至 Credit Analyst。年輕時已在《年輕人世界》寫專欄，主編海滴，同期「欄友」據說還有阿

屈（Edward Lam，林奕華）云云。後加入《大拇指》當文藝版編輯，一九八〇年代末婚後移居英國，歷年時有回港探視親友。所居為一小鎮，曾有一段時期只能用電話線上網，因資訊科技公司要求一地至少有二百戶人家才鋪設網絡，而該鎮不足此數。育有一女，丈夫外出工作養家，她在家工作持家。間中寫作，偶爾發表散文，曾把其中幾篇自譯成英文在一份中英並行的利物浦社區刊物《聚言集》發表，又曾參加創作坊，寫過一兩篇英文小說。博客和社交網站盛行，她再勤於揮（電子）筆，有網誌《歲月期期艾艾》，帖文都在大拇指面書轉載。現因工作離家獨居的女兒，無疑是她最大牽掛。

書名《昨日蹉跎》，我起初覺得有點灰，但細想，即使少數的那些名公鉅卿，活於名繮利鎖中，此我非我，又何嘗不在蹉跎歲月？自言蹉跎的，卻倒有幾分看透了人生。陸游《自嗟》：「勛業蹉跎空許國，文詞淺俗不名家。」以勛業自許，蹉跎就不全是自己的責任；文詞淺俗，是自取的，不名家，其實有點自成一家的沾沾自喜。我比較喜歡劉長卿的《北歸入至德州界，偶逢洛陽鄰家李光宰》：

　　生涯心事已蹉跎，舊路依然此重過。

　　近北始知黃葉落，向南空見白雲多。

炎州日日人將老，寒渚年年水自波。

華髮相逢俱若是，故園秋草復如何。

我們都是天地逆旅的過客，歲月蹉跎，無妨再梭巡一會，
何須悵望故園，秋草可不是春風吹又生？

二〇一六年十月二十二日

許迪鏘

散文

筆影（2012/06/27）

　　我父十三歲去讀過兩三個月書，時時慨歎，自己唔識字，終身睇《成報》。我十三歲讀了幾年書，課本外，也讀報，記得三蘇文章和大官漫畫，日日追。《兒童樂園》《小圓圓》看得少，我們買不起，人家不肯經常借。小學未去過圖書館，甚麼是課外書？中一有節課在圖書室上，沒有課題，只是找一本書靜靜坐低睇，落堂可以借回家。《三國》《水滸》。《星星月亮太陽》。不過已經上了英文中學老師話係時候學好外文，人家與《秘密七人組》和《出名五星》探完險，便急急貝克街外排隊等福爾摩斯和華生，我不耐煩，《小婦人》《傲慢與偏見》《簡愛》都有長龍輪候。我行開去竟然遇上杜莫里亞（從此是我摯愛，留英後每隔幾年重溫她全部著作），先不在曼特里莊園；在《牙買加客棧》。後來還過訪《咆哮山莊》；也《飄》過。中學五年專心蟹行文學，有小小記事簿抄低鍾愛的字句經常翻兩番。一直未有碰《紅樓夢》《家、春、秋》。今天中一老師編時間表，仍能預

留一節鼓勵閱讀課外書嗎？書中自有，遼闊天地，容許安逸成長。

我不是寫書話。最怕讀書報告，次次僅僅及格，冇乜心機。有代課英文先生循循善誘：Simple English is the best English，作文勿堆砌深奧生字，用字莫重複，可用一字不要二。合晒可尺。我得我父的木訥，少即是多。其實我有沒有故意曲解老師教誨因此不下苦功等到用時方恨少今天字彙不足悔恨已遲。

回頭，再講讀報。《中國學生周報》初初是大堂兄買，睇完輪到我。之後自己等星期五，街角賣報女孩預留我一份。成長這段艱苦的歷程有杜魯福舒爾茲西西明川鍾玲玲辛其氏溫健騮古蒼梧蓬草綠騎士，做伴，容易過一點。企盼懷想靦腆地躲進日記本子裡，還有不肯入夢的來入詩吧，將寄望存入稿紙遞送，有得見報好歡喜。原來是這樣開始。

中六秀雯約晤也斯吳煦斌，因而成為第一代《大拇指》的「酒肉朋友」，野餐行山上咖啡室電影院我去，排版編務未輪到，接棒在若干年後。但耳濡目染我陸續讀辛笛葉珊鄭愁予鹿橋張愛玲。畢業後銀行上班薪水發下來交家用之餘就上傳達，第一本買也斯《灰鴿早晨的話》第二本周夢蝶《還魂草》。早期的藏書全都另買包書紙封套，後來就沒有那份仔細。

《中國學生周報》《香港時報》登過詩稿後又幾年，散文試投《年輕人世界》，不見報，也罷。卻是稍後編輯海滴來電約，每星期五百字《年輕人》一千字《新周刊》，這樣子我寫好文章她點題，非常勤快十五個月即使挑盡五更燈也從未脫稿。可是日後《當年確信》結集，許多稚嫩的思維文字，都不敢留下來。

　　要接棒《大拇指》了。我們勤懇繼續努力耕耘，文字和友誼都開花。大家編輯約稿催稿發稿排版植字改錯睇版摺報紙寄訂戶同時創作，我們開會我們意見分歧我們合作不脫期，還一起合寫專欄：「七個大拇指」（有誰記得是《時報》抑《星島》？）小藍肯肯分流舒容姚啟榮保羅惟得；《快報・開門集》分流小藍肯肯舒容夏潤琴俞風王敏。怎樣去追憶那些年輕的歲月呢？我們志同道合鍾愛文字文化藝術，願意公餘付出時間精神金錢勞力，將信念傳開去。我願意記住那時候我們有理想有跟尋會得珍惜，曾經共度好時光。

　　（故友楊懿君搬報紙扭傷了腰，傷患纏身吃不少苦，她生前大概不知道我們耿耿於懷深深歉疚。我可是一直沒有忘記她朗朗的笑語和嬌嗔。）

　　幾年後我離開《大拇指》一頭栽進野心堆疊人事傾軋裡，天昏地暗，豈料有人遠涉重洋來尋我，細細商量共創明天。明天是新的一天。異地生活戰兢倉皇，筆下輕輕帶過。幸得素葉輯《眉

間歲月》成冊，容我將皺摺掃平。

之後擱筆十年。

是生活乏善足陳啊。還有執筆忘字，真洩氣。阿虫話：不是沒有牽掛，只是提筆難下。其實放不開。縱然信念遙遠，仍緊緊牽繫著，文字給我的慰藉。

好啦，開博喇！

小兜義不容辭替我鋪平電腦技術上種種枝節，開放了中英兩個部落。中文版讓我繼續發放烽煙，等有日有人願意留一會，讀出訊息作回應。英文是為丈夫女兒專設，他們能講不會讀中文，一直狐疑我寫些甚麼東東。這回好了，女兒來電，哈那篇笑得我！你話哪，夫復何求？

有。但求小蒙恬不再寫十個字只中兩個考我耐性，英漢字典有夠用字彙……

（一）此心安處

常在心頭（2012/05/24）

五年。又七個月。我數日子。二千幾個日子。您沒有來入夢。一次也沒有。話，怎樣說？故人入我夢，明我長相憶。許是我惦念得不夠。

我記住。不，原來我並沒有好好記住，要翻出當年昨日之路，才隱隱浮現我們一起走過的腳步。是年月增長教我善忘，還是孤寂要我選擇不記起？已經許多年過去，還來得及趕往太平戲院睇寶貝歷險記嗎？您哪兒找來兩張贈券，三年級下了課背著書包巴巴的獨自搖電車從筲箕灣到上環我一點也不害怕因為您答應在站頭等我您果然在張望我看見很歡喜伸出手讓您拖住走向不認識的街巷走過安穩的童年。

童年走過去了，您依然堅持要領帶前面的路。轉新學校，會考試場，都要預先跑一趟，有時在假日有時您提早放工，等我和您同行，您知道每條平安的路徑。那些親厚溫馨的時光這般的鍾愛我會得記住麼。會得明白，一切不可以當作理所當然。會得懼怕終有一天，我自己一個人的時候我畏縮我怯弱我焦慮再抓不著扶靠茫然不知所措麼。

我怎麼會得。我怎麼會得設想，知道珍惜。漸漸，我多認識街道了，於是，我自顧自，自顧自不要另一隻手牽引我愈行愈遠。我去找我自己的世界。我自己去。

您可有感到傷痛，我果然這樣便離開您。這樣，一步，一步一步跟您生疏，好像舊時的牽繫忽然斷掉，即使重拾起來，也是打結的。憂悒，卡住了晴朗的日子，不讓陽光進來，關上窗，指尖卻不覺意觸碰到暖和的窗扉。

啊，是我選擇不記起。您離開我，二千幾個日子，我未去切切思念。只留心頭一角，收起往日往時，不思量。

自難忘。

這一天（2012/07/01）

　　醒來，這一天。二〇一二年七月一日。星期天。

　　昨夜十一時零二分，頭號種子梅利溫布頓單打四盤險勝晉級十六強，破了歷史上最晚結束賽事的紀錄（市政府規限至十一時）。平常我也會在電視機前一齊打氣（那當然是要沒有華裔球員同場），可是我分心追網上香港回歸十五年新聞，錯過了。

　　起來，洗衣物。再讀網上新聞，為何忐忑不安？

　　周末，約定我休假免廚務，丈夫當一家之煮，我徘徊於數獨填字遊戲。他先去剪草。

　　怎樣解釋鉛重的心情呢？自少移居的丈夫讀不懂中文未能完全了解時事，此地出生的女兒不會明白，我獨自坐在電腦前記下我的牽繫。未敢忘記。

　　午餐是煎蛋三文治，加走糖鮮奶紅茶。趁雨未來他倆踏單車繞村一周去了。

　　午後，東方已入夜，遊行的人們都回家了吧？四十萬人，捍

衛自由爭民主。二十三年過去。記得那年五六月，廣場上有波瀾壯闊的震撼，老爺電視機偏偏那時候壞了，叫我們慌忙四出找人修理，只有廿哩外的小鋪肯搶修，讓我們見證血洗京城。寧願不看見唉不曾看見。眼見是相信，刻骨銘心到如今。

晚飯有薑蔥蒸三文魚和炒青菜；歐國盃決賽西班牙對意大利如火如荼，他倆不動，我只得自動請纓洗碗。

這一天，在此岸，平常日子平常過。我耿耿於懷，未可同行，唯有我手寫我心。我們未敢忘記。

是不是　不必焚書　只需禁讀　可以摧毀文化

是不是　不准提問　人人噤聲　從此埋沒記憶

二十三年　年年那夜　片片燭海　點燃一絲希望守護真相照亮

良知

十五年　每年這日　穩定腳步　踏出種種堅持邁向自由之路

遙遠　漫長　鐵馬水城牆

不可擋　路窄了　未是盡頭　轉彎繼續一步一步向前走

旺陽下　個個不回頭

這十五年（2012/07/12）

也曾經風雷雨雪，晴雲朗月。

十五年前，還在倫敦西部，生活上遇挫折，失業，也失去自信。不肯就此屈服，尋尋覓覓，東北行九十四哩，另找駐腳處。

吁怎去憶述我當時的惶惑驚恐？我是香港來的城市人，倫敦西部不已經是市郊麼，怎還有極目都是田野不見人煙？心頓時沉下去，靜靜地倒抽一口氣，不敢聲張。那是他眼前唯一的出路，丈夫要我考慮讓我作最後決定。

眼前有路繼續走。

來到偏遠小村落，頭一天，信箱裡有鄰居親切友善的歡迎。往後，花園有時躺著兩棵椰菜，大門外站住幾條洋節瓜一袋新薯，統統是鄰家菜圃豐收與我們分享。英國人含蓄，這些年，我也知道了。一處鄉村一處例，這裡不喜串門，我隔著籬笆謝過。

女兒上學，轉角就是了，免卻交通。操場上，熱心的母親遞過來，每星期三、五早上出城的巴士時間表，沒有站頭，在

路邊攔截就可以。如有急事要出門，這是可靠的街車電召號碼。課餘要上游泳班麼，報名相約同一時間，橫豎開車順道來接一起有伴，毋須計較分擔汽油支出。

人間有情，艱難日子容易過。十八個月後，再遇公司重組裁員，亦可以欣然自處。離職八個月沒有閒下來，丈夫跟隨村中老師傅學習建造模型屋，那是按比例、有歷史根據的橫材房子（half-timbered medieval house），家具裝修佈置也不馬虎。一切在掌握中，逐漸成形。

求職可是十劃無一撇呢。冒昧往鎮上小店商借專業期刊繼續自修，老店主略問資歷，啊城中連鎖店要人出替休假，他這就提起電話保薦去。是鄉里民風淳樸，人際間仍有關切守望，教我們放心信靠麼？臨時工後來換長約，終於可以舒口氣，安居樂業。

尋常日子，我們在農場門前的攤子自助買瓜菜雞蛋，一旁小鐵罐有找贖，誠信是賺來的，不用監察。草莓季節，帶一隻大口膠盆子，入門前秤一秤，摘完了磅一磅，相減後付款去，滿懷有脹脹的歡喜。

這麼說來，已是舊時日子。鄰居過世多年，戶主換了兩次。菜圃剷平，賣地搭了屋；花園四五十棵樹亦全部斬去，鋪了一

片草皮，不再見繁花似錦。兩戶人家入伙，我也曾致賀，可惜那是他們的度假營，不是安樂窩。連續幾個夏天豪雨成災，草莓場亦關閉，不知道土地如今荒廢了，還是像其它農地改建房舍。農場門前的攤子仍在，可是小鐵罐換來保險箱，不會找贖；旁有告示，閉路電視已開啟。

　　十五年，回頭望，傷逝的，豈只是時日呢。

綠苔 （2012/08/15）

　　幸好我們相識在舊時。那些日子，不匆忙，不倉卒。約定了，各自埋頭伏案份內事，靜靜地，盼等實在相見的快樂。五點半，你來中環接我下班，眼中常帶著轟然的喜悅。你眼中有我。沿金鐘道，你牢牢緊握我手，我倆小小的天地，不要讓人流沖入。那時候我們未曾想到，一生有多長讓路有多長，只細細閒話，仍有拘謹，說到歡愉碎語相視而笑。走到皇后大道東，坐下來，喝一杯熱可可，然後你去授課我回家。

　　假日大夥兒一起登山，你喜歡一旁看我獨自攀爬，我手心流汗，你不出援手，你要我賺取友伴的稱讚。漸漸，我寧願退回小天地，讓你獨自去折取驕傲，黃昏等你平安歸來。

　　幸好我們分手不在今日。這個年代，感情再不是兩個人自己可以肯定的一回事，要在臉書刪改穩定交往中，敬告天下，容許他人豎拇指。能夠這般灑脫麼？我就是一直不肯上臉書。我怕，有人稱許；怕，沒有人稱許。

　　這些年，散失友伴，是因為日子倉卒匆忙，大家自尋路向天

際分飛，聯繫暫中斷，他日倘有緣，再見仍是朋友。

只有你和我，分手。放開兩相牽的手，情緣便了斷。悄悄地，友誼的杯，有一道裂紋俄而增長，盛載不住慈悲。雪崩你受傷回來，我焦慮致電問候，你在另一頭曉得是我不打話便切線。巴士在風雨中接載你上來，瞧見我窗邊靜坐，車廂內侷促不安你別過身，旁人訝異你堅持的姿勢，如斯決絕否決，甚麼呢。是不是，往昔歡笑來日記取？你不肯相認，我轉頭看窗外綿綿不絕的雨絲滲進來。

我倆相識過。想起來了，沒有忘記，沒有緊記。

此際，恁地被一片綠苔跟蹌滑倒了，我起來又去沖茶。

難為無米炊（2012/08/25）

　　周末又要南下倫敦買米。循村徑出兩段大路再轉三條高速公路，來回二百哩，為口奔馳。鄉居久了，一上快線，神經繃繃緊，心卜卜跳，拳頭緊握不得放鬆。駕車的還不是我呢。

　　如今鄰近超級市場都有美國米賣，偏偏要長途跋涉，來這零售批發商，張羅些甚麼？看哪，兩袋十公斤泰國青龍香米、一盒卅包出前一丁、六包壽桃牌生麵六包上海麵、一支生抽一支老抽一樽米醋一樽艇妹蠔油一罐南乳、一公斤去頭去殼生蝦一公斤冰魷魚一盒仿蟹柳、一紮菜心一紮茼蒿一紮芥蘭、六罐玉泉忌廉梳打六盒麥精維他奶、兩包萬里望鹹乾花生、兩隻菠蘿兩隻雞尾兩隻蛋撻，還有一盒竹蔗茅根精。噓！回程三小時全無阻滯，大功告成。可以鬆弛三個月後再來過。

　　不過是鄉繫，慰一絲懸念。小時候女兒回港初嘗忌廉溝鮮奶，挺愛，鮮奶此處不乏，只欠玉泉。山長水遠，麵包蛋撻都不是新鮮出爐呢，一雙雙塑膠盒裝上印最佳食用日期。退而求其次，聊勝於無。蔬菜分三餐，其餘配給慢用。

入鄉隨俗怎會不曉得。當年初到貴境，木匙筷子圓煲炒菜，明火煮飯，時有燒焦生米三及第。過路好友終於抵不住，有年送贈生日禮物，三洋電飯煲一座，皆大歡喜。從前方圓卅哩只有一超級市場，時移勢易，今時今日，總有一間喺左近，薑蔥蒜都有，不過，九十便士一粒蒜頭，來了廿四年，我仍要折算，嘩十蚊粒。

那天發現超級市場架上有泰國米，正檢視間，一對中年夫婦在旁，男的訕訕問，莫介意唐突，你們的飲食習慣，主要還是米飯？內向保守的英國婦人連連道歉丈夫無禮騷擾，哪裡哪裡我們樂意趁機吐苦水。食材難求事與願違呢，不可天天唐餐。哪有豆腐蒸鯇魚腩？薑蔥三文倒不賴。冰鮮魚，那及游水生猛鮮甜。你們可記得新聞？餐館大廚驚見魚在砧板上鰓動，慌忙上電視放生了，愆惜的一定大有人在。我們？我們餐桌上還有肉醬意粉炆牛尾燒雞燒羊扒薯蓉生菜炒西蘭花。星期四晚在街角小貨車前輪候炸魚薯條。

女兒最愛婆婆老火西洋菜湯，念念不忘。本地西洋菜嫩葉83克一包當沙律賣一鎊四十，買三包炒埋一人一箸算啦。巧婦難為。

三生有幸（2012/09/27）

　　早年有個電視廣告，已經忘記是賣乳酪還是粟米麥片或是其它，暫且當是乳酪。這樣的場景：母親在廚房張羅小吃，少女剛入門，興高采烈吱吱喳喳，好友的媽咪真頂瓜瓜，又開明又前衛又不囉嗦又甚麼都懂。她啊，全是健康食品擺上檯，剛才請我吃乳酪，她說有益身心她說營養豐富熱量不高她說⋯⋯一旁的母親未發一言，只是，微微笑，捧住乳酪，坐低，一口，一口吃。

　　看得我會心微笑。也苦笑。

　　女兒剛大學畢業，在家等待明年初往倫敦上新課程。近日忙著網上尋找歇腳處，但繁文縟節多多擾攘，教她焦慮坐立不安，我左勸右勸無效。昨晚，人家的母親來電，她倆密密斟，我在讀網上新聞。這兩日頭條，除了暴雨成災，無家可歸者眾，就是十五歲女學生與卅歲已婚數學老師出走法國，下落不明。同樣要人憂戚。我隱約聽得見樓下話語間有輕笑有不斷的話題。我在想，水淹的東北部是不是友人居處要不要電郵問安。我呆想道德倫常責任情義約誓糾纏之下那對情侶釀成兩個家庭的悲哀

與傷痛。

電話放下女兒三步夾埋兩步跑上來，要摟要抱。你看她，整個人輕鬆了，彈彈跳。「It is very reassuring talking to her, you know！」嘎？

從前中小學家長會，老師不停盛讚，文靜有禮熱心助人。當真？總禁不住反問，我們，大家，都是在說她嗎？這個她，從來沒耐性解釋，十問九唔應。唔。唔。耶。耶。聞道是青少年給父母的試練和折騰呢。勞氣起來問，同人地都唔係咁講嘢，當我係乜？風頭火勢無人搭嘴，我自說自話，咪係老媽子囉：擋風擋雨、任勞任怨、捱生捱死、頂心頂肺、攬頭攬頸、相親相愛……

有人話，修百年才能同舟。我倆的血緣，當然是我，三生有幸。

今夜月明 (2012/10/01)

又到中秋？

啊是，八月底往倫敦買米，已經見到月餅上市，一盒食唔晒會有餘有剩，但一個單獨包裝蛋黃蓮蓉要七鎊半再加廿巴仙附加稅。你話食唔食得落咯。仲唔擔保記憶中的好味道。我都徘徊一陣先去執菠蘿雞尾。

雖然話，客居閒似家，可是已久久不過年過節了。中國的節日，需要親友提醒，西洋月曆冇記錄。大年初一要上班，日子平常過，初初，是有點感觸，慢慢，既來之則安之，就寬心了。

牆上掛有月曆，十二個月，大大格，方便記事。有好幾年用電腦自製，但油墨愈來愈貴，打印機又老爺，還是買現成。今年買了 L. S. Lowry 和 Edward Hopper，女兒揀去愛德華的盛裝婦人孤伶伶獨坐餐廳捧一杯茶，留下勞里火柴枝人給我。

翻兩翻，就知道生活乏善可陳。沒騙你。

昔日女兒仍在學時，有鋼琴小提琴課演奏會預習集訓樂團歐遊；有家長會賣物會；有生日會購物日 sleepover……密密麻麻熱

熱鬧鬧。現今只有每星期市政府收集廢物時間表。不是開玩笑。真的當大事記。每家有三隻巨型顏色垃圾桶,兩星期收集一次。星期一啡色盛殘花雜草斷枝用以堆肥;星期四黑色藏垢納其它廢物食餘;下星期四綠色儲回收塑膠紙張還原再用。我記性大大不如前,唔睇時間表推錯顏色桶,幸好有人路過提點,否則黑桶垃圾再多留兩星期物腐蟲生,試過幾百隻白色幼蟲桶邊蠕動,噓,嚇到腳軟。

嗱尚有圖書館還書日期、預約維修中央暖氣等過冬。沒有茶會飯局。

聖誕元旦入鄉隨俗一起慶賀,但農曆新年與中秋,還有母親節,得早早在月曆上劃記號。要記住母親節在五月,因為英國三月已是Mothering Sunday。而中秋後五日,母親慶生。莫失莫忘。舊日要掛長途電話,今天用Skype,問安祝好。

今夜月明,千里迢遙,但願,人長久。

珍惜眼前 (2012/10/24)

讀一首瘂弦《生》：

黃黃的一畦菜花在

紗簾外面搖動

陽光

騎單車的小孩

一點也未覺生的可喜

除非重重的

病後

還不是大病，不過急症嚇餐死。

　　事緣如此這般。星期六大廚（當然不是我）燒雞，星期日晚
餐有雞骨熬湯，還把芫荽籽壓碎煎蘑菇炒青紅椒伴雞肉湯意大
利米仔粉（orzo）。正享用新試菜，忽然左眼角有白閃光浮影，
以為近日追網上新聞用眼過度，大家不在意。飯後谷歌青光眼，
不是這般癥狀，可放心。

翌晨再上網追查閃光，原來與視網膜和老化功能退卻有關。好，待會兒致電眼鏡鋪試試能否預約緊急驗眼，毋須等幾星期。坐低飲茶，看清晨新聞，驟然間，眼前一束黑髮如瀑布散落，不住浮游，眼花繚亂，大吃一驚，手足無措。

鎮定下來，一邊急電家庭醫生斷症，一邊喚醒女兒知會丈夫，廿餘哩外趕回來。醫生即撥期接見檢查，視野漸矇矓，眼前人面目模糊，醫生速轉介大學醫院眼科，還代預約留位，不必在急症室呆候五小時。

即驅車直趨醫院。眼科接待處登記問話一輪。坐一會。護士檢查滴眼藥問話一輪。坐一會。醫生檢查問話一輪，仔細證實視網膜有損，未脫落。安排鐳射激光修補。坐一會。激光醫師重複檢查，核對患處，小心翼翼。詳細解釋修補希望遏止脫落，有如此這般惡化跡象（閃光加劇浮影倍增黑幕上落）立刻求醫。簽同意書接受治療。激光後，醫生話，有十日八日適應，兩星期後回來覆診再定奪。

折騰大半天，回家了。微波爐溫熱丈夫的午餐飯格，三人分。鬆口氣。Group hug，親親，久久不放。

今天第三日，我悶得慌，眼底蛛網浮影未散走，沒變化，他倆勸我忍耐呢。禁我用電腦、彎身除草、搬重。我偷偷錄記這

篇，寫兩行。抖一抖。斷斷續續。工程艱巨。

　好喇。戴好化妝棉膠布自製親情牌眼罩，坐定定，奉旨休息。
女兒做飯斟茶。

仁心，仁術（2012/11/15）

　　我的家庭醫生不苟言笑，問一句答一句，沒有閒話。上回我急症找他，十分鐘後覆電，只報上，這是路醫生，就沉默下來等我發話，連「有甚麼可以幫忙」都咨嗇。到診所，他開門哈囉，我故意逗趣：「免得過都唔入嚟同你打招呼呀醫生。」只有右眼能見我是不是隱隱看得到他嘴角牽一牽？

　　平常我並不多話，只有情急焦慮的時候才一輪嘴。一口氣報告了病情，繪形繪影，醫生靜靜聽，專業客套，立即安排轉介眼科急症，親筆寫信，摺好遞上，問：識路去醫院？我點頭，道謝。他轉身，略遲疑，回過來，祝我好運。

　　前任丹勞醫生平易近人得多了，大家這樣說。不過，再補充，他初出茅廬之時，有幾年，甚為傲慢尖酸，常叫人難堪。後來自罹惡疾，性情大轉，和藹可親。我們來到村裡，接觸到的已是溫文仁者。

　　那年復活節小學籌款，舉辦尋寶遊戲，參加者手持問卷，繞村一周，沿途憑線索找答案。有一題問：村下街有戶人家門前豎甚麼與眾不同的警告板？街頭到街尾有廿多戶，原來是李察

和家璐的「內有惡貓」！去到教堂對面醫生大宅前院，借問躺在太陽椅休息的醫生在看哪本讀物。早早約好是醫學期刊The Lancet，交回來竟然變了卡通漫畫Dennis the Menace！我負責收卷評分，忍俊不禁。

丹勞醫生病情反覆，終不敵癌魔，英年早逝。整個教堂內外都擠滿來弔喪的村人，家屬始料未及。

道聽塗說，接任的路醫生並未得人心，對他的評價一般，頗有幾番不稱職事例謠傳。是他還年輕拘謹未習人情世故嗎？我無從置喙，這些年，醫務所絕對是無事不登，每趟都有妥善照顧安排。這次，他不是靦腆地祝我好運麼。

醫護人員，天天面對生死，不得不保持冷靜客觀距離，所以盡責稱職。如果我們還要求他們多付出一點關愛，會不會叫他們為難百上加斤呢？

醫事 (2012/11/28)

好幾年沒上醫務所，托賴。傷風鼻塞總有，但醫管局講實唔受理，除非老弱，在嚴冬流感高峰期必需注射預防針，他人不得其門而入。這忠告，已廣傳經年：上藥房買傷風感冒藥，依藥劑師吩咐準時服用，多休息多喝水，大概需時十日八日與病毒抗戰，冇快過打針這回事。病情變化當然急診。至於濫用抗生素逐漸失效敲響警鐘，大家早該聽聞，不好強求醫生處方。咳嗽麼？藥水林林總總，聽過訪問一位主任醫生說，沖熱檸檬蜜糖水，一般奏效。

非關諱疾忌醫。兩年前有網球肘，接著五十肩，一杯茶要雙手捧，換床鋪被蓋不再是舉手之勞，需勞師動眾；臥床不可轉身，穿衣如機械人般前、後、左、右逐步慢慢來。本可以跟同病相憐的珍妮依樣請醫生轉介，每周上醫院物理治療，兼配止痛藥。可是我怕駕車長途跋涉倍增煩惱，寧願跟隨妹妹指點示範，每天自己左按按右按按一排穴道，咬緊牙關忍痛接受不便困擾，大半年已不藥而癒。珍妮十八個月了仍繼續療程服藥。

忽然，這兩個月竟頻密出入診所。先是乳房X光到期檢查，

跟著輪到視網膜驚魂，剛又收到全身體格檢查通知，及預防腸癌測試。接二連三，亂了平常日子。幸好，未有額外經濟負擔，此地有免費醫療設施服務。

本土居民，年滿十六歲被派國民保險編碼，就業後容許僱主先扣除國民保險供款才發薪，款項支持全民保健，及其它福利。醫療免費，處方配藥自付，領取政府救濟補助者豁免。居民根據住址有社區指定醫護，照顧生老病死。一直以來，女兒出生幼兒護理，十六年前我大手術割去左腮腫瘤，今次激光治眼，都得到妥善照顧，不費分毫。唯一要付出的一趟，十六年前，是私隱；我的左腮腫瘤非常罕見，卅年經驗的專科醫師只第二次碰上，我因此答允讓專家醫生學生齊齊監察手術進行，並不厭其煩解答病發前後癥狀。

牙科卻是另一回事。我懷孕前後一年，與女兒至十八歲，都是免費保健。不過，近廿年，牙醫們逐漸脫離國民保健制度自立門戶，我們不得已自購保險繼續接受護理，但保險條款甚多限制，不時有額外支出。是故年輕人十八歲前大都充分利用特權，一窩蜂急急箍牙，為美容多過實際需要。女兒十六歲時，牙醫也曾替她詳細檢查，與我們商議，如果從眾，是時候開始。我們仨回家仔細分析，為裝飾門面，要脫去四隻好牙，值得嗎？雖然公認這是普遍現象，大家覺得不算犧牲，我們終於謝過。牙醫呵呵笑，日後改變主意，帳單可是天文數字！

且慢（2012/12/13）

　　我的急性子來自母親，皮鞋筋，一扯就到。與他倆說，坐言起行，咪天下太平免傷和氣囉，哪有藉口嫌我嘮嘮叨叨囉哩囉唆？偏偏，世事豈能盡如我意，急驚風遇慢郎中，他倆，優哉游哉，佗佗佻佻，周末司廚，七時入席八時未有得食。倘有要事出門唯有預早半個鐘，剛剛好。

　　問我，急甚麼，髒碗碟在盆子不過眼冤，又不礙事，已有承擔稍候，怎麼還惱巴巴衝著動手洗，累得大家都壞了心情錯過電視星級主廚決勝負。超級市場通宵營業，貨源不斷上架，緣何必要晨早出發，不容他倆早餐桌前天南地北談笑爭辯，管自在旁乾跳腳。

　　真是，愁甚麼呢，眼睜睜看著園中的殘枝枯木，早該月前折割，再等春暖花開；如今霜降，氣溫徘徊零度，莫說眼患禁止彎身低頭，即使准我蹲下，弄得手腳冰冷，絕對不是時候幹園藝。急不來。卻難免憋悶。

　　索寞的時候我翻舊書，要從熟悉的文字尋找根據，掃平生活的縐摺、瑣屑。眼患之前我正重溫《玫瑰念珠》，盼念遠人安好。

驟然間，要聽醫師話與浮影和平共處。好，休息已數星期，該可繼續閒常日子，書本攤開來，掀兩頁，眼睛隱隱痛。這回，心底乾著急，惦記架上堆疊的幾套女兒叮囑要讀的外文書，讀完可以讓她分析書話，辯駁文理。惦記摯友推薦黃碧雲，還有近日議論紛紛小羊的舊作新版。抬頭望遠，眼中浮影轉，終於，不敢造次。

　　留得青山在。從今，等一等，一切且慢。

又到聖誕 (2012/12/25)

冬大過年。我們已不做冬，也不迎舊曆年。入鄉隨俗，聖誕樹倒是站了出來。幾近廿年，枝葉仍茂密，中國製造，昔時未背惡名，現今物超所值。年年從儲物室搬出來，撥撥枝葉撐開又可再掛燈飾。不過，孩子大了，這樹，一年矮一截。明年要不要往農場走一轉，揹一株高大的讓她可再仰望？

已許多年沒掛長統襪。六歲那年，除了髮夾朱古力雪人波板糖，還有一隻香蕉，她一臉狐疑莫名其妙，沒有猜想那個父親惡作劇，還去問爸爸送給您要不要。我們其實不知道她曾否相信聖誕老人，只是她從來不肯排隊表達訴求。

我們村裡有自家聖尼古拉斯和一班助手，他並非在半夜從煙卤爬入享用鮮奶餡餅，而是聖誕早上六點堂堂正正坐雪撬讓四驅車拖拉，搖鈴繞村一周派送禮物。八歲的柔柔那年和父母遠來過節，我遵照規矩早早將禮物交往小郵局代收處，當他們拍門指名道姓找，她十分訝異悄悄追問，聖誕老人怎曉得她來了英國不在香港呢。大人們忍俊不禁，她父母急忙推她出去與雪撬拍照留念，借故避開回答難題。

生活，總是環繞著孩子團團轉，一步一步爬過來。今天，女兒已成年，不用我頻撲，奔勞，我有沒有，恍然若失？這個聖誕大餐，她主廚，今年決定饒過火雞，讓我看菜譜，燒羊腿、焗蜜糖甘筍薯蓉菠菜；甜品做我鍾愛朱古力泡芙。

　　聖誕快樂！

記住也斯的笑臉（2013/01/07）

有回，有小朋友問也斯筆名由來，西西在旁笑住搶答：YES！也斯亦笑呵呵，Yes, Yes。日後再有人問，他佯作無奈，大家笑作一團。

我認識也斯，在七十年代，大拇指初期。他喜歡熱鬧，上電影院咖啡室行山露營，固然是一大棚人，研習班讀書會，也是。不時邀我參加讀書會，我總是支吾以對，皆因我好讀書不求甚解，怕尷尬出錯，但其實是三個人在一起已不聞我發聲。也斯答應讓我靜坐旁聽，找上了，談新詩，有矛頭向我，他守信一而再的接擋，噓，嚇得我。

編輯大拇指大家低頭默默地苦幹，把握一個理想，堅持一個方向。當年報紙是先植字，才柯式印刷，校對改錯要用鎅刀，割走錯字，換上對的。這裡牽涉辨別是非對錯，十分嚴肅。但抬起頭來還是可以開玩笑。那些日子我們正讀鄭愁予瘂弦，也斯常追著小雲起哄：「今天的雲抄襲昨天的雲」。編寫第十版談火星報導諾貝爾獎的小雲一點也不介意，一起背誦《深淵》。

大拇指編輯部在梁府大廳，也斯的兒子無端多了許多姨姨叔

叔做伴。有趟纏著爸爸有索求，爸爸要兒子找肯肯姨姨，一臉狐疑要解釋，那個父親已笑不攏嘴，一直推兒子到我身畔，要他問我名字，我據實答，肯、肯。中計了。

有假日從山頂漫步下山，故意繞路，細細打量那些獨立洋房，不知是誰提議，現世那麼多名家大家，不若我們來當樓評家，也斯西西與吳，果然煞有介事，有彈有讚。大家嘻哈跌蕩。

大拇指，視也斯亦師亦友，我們記住，許多歡樂時光。

梁教授嚴謹治學，桃李滿門，他的遺志，推動香港文學，一定有年輕的你去繼承。

今天我記住也斯朗朗的笑聲，和他的笑臉。希望，你也可以。

問路（2013/02/20）

　　村裡這角落，門牌號碼並不順排，一至十號無端在街道中段開始，隨後的要拐彎越過學校橫邊小徑接續。對面一列獨立房舍只有名字，向陽樓薇園三塘居逸安室，其中插入門牌二十三號，誰要找二十一號需回頭往學校右旁另一組平房。這般迂迴曲折郵件郵包都收到。如果錯派，村鄰會來敲門，致歉，早兩天已在我家郵箱，今天纔有空送回希望沒有延誤。蹲在前院除草，有車輛慢駛徘徊拿不下主意轉左轉右前行後退，我就知道要放下花剪站起來，主動問，迷了路嗎，有人送貨，有人探親，有人，緊緊握著物業簡介冀求覓得溫暖居停。

　　問路，竟然感到為難。有人寧願團團轉繞圈也不肯停下來，開口，問取指引。是羞怯性格內向拘謹，怕與陌生人，打交道；還是不願，示弱呢？不去問，得不著。不是嗎。

　　猶記當年有夢遠行，黃昏抵達翡冷翠，尋找阿諾河畔落腳處，人生地不熟。喜見中國餐館，推門借問，碰一鼻子灰。迎面有男女趕路，停下來察看地址，搖搖頭，抱歉啊。我們徬徨，倒不如先找地方坐下，再算。尋尋覓覓，怎麼，不是晚飯時間嗎，

那裡曉得還需等兩三小時餐廳食店才開始營業。何去，何從？剛才的一雙男女忽然氣咻咻來到跟前，找到了找到了，示意我們追隨，領帶到河畔賓館。看他倆喜洋洋，還要比我們，出路遇貴人，高興。

另一回，崇光地鐵站出來，人人搶步，攔不住，於是報攤前詢問，世貿中心，請問，哪方向。頭也不抬，粗聲粗氣，嗰邊。我左右望，嗰邊？即係邊邊？報販依舊低頭，懶睬我。唯有拉著路人，一個搖頭急急腳，兩個低頭閃避，一個猶疑呀好似係碧麗宮，前行轉左。原來一直在那裡，從前頻常飲宴觀戲，今天換了名堂，我離開太久，追不上都市步伐，害我迷途。

活在當下（2013/02/24）

　　果然，要到了一把年紀，才醒悟，至親，摯友，團聚的可貴。才承認人生，要比我們想像的短暫，無常。

　　前人話，父母在，不遠遊。這世代，一家人都散落八方歇腳。丈夫懊悔，少小離開自顧自麼，從未曾，想到回家省親，今天已，親不待了。偶然，輕輕慨歎，漢子心事，自斟自酌，不要和誰說。

　　啊手足尚任，兩地三岸，多年來各有家庭擔當生活順應，甚少來往，現在兒女成年擔子減輕可以鬆懈，還我自由，速速莫等閒，趕緊連絡。借取先進科技網上視訊開聊，相約每周日，時差不是疏離的阻障，地距不能懸隔親情的牽繫。天涯，若比鄰。於是，有人早起預備穀麥早餐，有人稍後應約午膳，有人嘆下午茶曲奇鬆餅，有人已經深夜旋將就寢，都一道來到。齊齊，彌補日子的縫漏。誰人提起，童年往事生活艱難，吱吱喳喳你一言我一語，是手是足相濡以沫。誰人問及，今晚食乜餸，大蒜炆羊腩，甚麼配菜甚麼火候，細細交換廚藝心得。今日相樂皆當歡喜。

年輕時候，不懂世情，若果曾經淡漠，有錯過，有失落，俱往矣。現在，年事增長醒悟了，還來得及，說說笑笑。來得及，電話電郵，問候身體安康。歡日尚少，戚日苦多，以何忘憂，彈箏酒歌。

青雲有路自為梯（2013/03/04）

　　那些年，你還有記著麼。小學畢業日，人人一本精緻的紀念冊，急急忙忙，要留住，眼前。寄望，日後，友誼永固。流水不因石而阻、友誼不因遠而疏。亟亟互勉，學問有如金字塔、要能博大要能高。靜靜聽取師長最後訓話，金石良言。中文老師最公道，要我們全體切記：莫等閒，白了少年頭，空悲切。班主任抬頭看各人，箇別循循善誘：百尺竿頭、更進一步；惟勤是岸；敏於事慎於言；一寸光陰一寸金、寸金難買寸光陰；學如逆水行舟、不進則退。輪到我，輕輕訓誨，青雲有路自為梯。

　　小學同學，各人有各人的路向，早早分道揚鑣，斷了聯絡。但許多名字仍舊記起。譚家活和我齊齊節省一角錢電車票價，常常，從北角徒步返回筲箕灣，半路可以享用豐力紅豆雪條。朱文正晚飯後來請教母親編織，她要移民美國去。鄧美玲甘惠芳潘小敏鄺明曦林敏華蔡倩影張慕瓊梁玉華曾愛鑾。這些名字，我坐下來，都記得起，當年的音容笑貌。記得，當時年紀小。今天，歲月已經在臉上鑄就風霜，碰面，也無從相認，擦肩而過。

幼稚的寄望，原來這樣不可靠，友誼，難永固。那麼，老師的囑咐呢。一直，牢牢記住，青雲有路。預科畢業，找到工作，從基層做起，爭取實習，自修考試，果然，一級一級，有攀升的機會。若果當中加插人事傾軋、挫敗、失意，人生的課程，已不是當年老師該提點的範圍內了。

我們那一代，兄弟姊妹眾多，經歷窮困暴亂，但，日子相對今天簡單容易。我們或就業或上大學理工師範負笈海外，不容太多徬徨的時刻，因為要共同負起家庭擔子。曾經，那時代，肯務實苦幹，就有金飯碗銅飯碗，養活。

時移世易。

今天女兒這一輩，不流行紀念冊。畢業日他們帶一枝不脫色水筆，一件白棉布恤覆蓋校服外面，人人簽名留念。老師不贅言，只祝他們幸運。好像，這就是，他們前進的倚靠。

當今，進修的機會，處處是。這裡，十六至廿四歲畢業生，未能就業，幾近百萬。其中，有我們身畔的，臨時工酒吧侍應餐館廚務，賺夠路費，先出門見識世面，回來再作打算。有人不住求職面試不住被拒。另外有人，十三四歲要他們選學科，六七年後遵循取得學位，驟然驚覺，不，不是自己想走的路，呆下來。啊幸運的轉讀第二個學位，不甘心能力不及的，跌落

抑鬱深淵倚賴藥物度日。還有人，完全不知道自己的意願，蹉跎歲月。

　　我們在旁乾著急，年輕，是一份資產，這個物質富裕的社會，竟然容許浪費。一個音樂系畢業生，聽聞，周薪二百五十鎊受聘在菜籽田扮稻草人，手風琴和牛鈴奏樂。傳說是美麗的，現實卻殘酷。

歲月無聲（2013/03/24）

　　下周日，又回轉夏令時間，與遙遠並親近的東方，時差七個鐘。日子這樣，自顧自，流走。不是剛剛收到電傳，圍滿，一桌子盆菜，和團團笑面，恭賀新禧麼。幸好照片留住了歡喜。

　　忽忽，三月天。一直天陰雨雪。星期二，竟然有陽光，急忙修剪殘枝，清理落葉，不過兩小時功夫，腳趾都凍僵了。今早推窗望，外面下著，不是雨，仍是雪。又兩三吋。

　　冷啊。燃油昂貴，中央暖氣不得不限時限刻，要有節制。室內，厚厚樽領毛衣絨外套羊毛襪。廚房最溫暖，有座Rayburn，爐灶，燒燃油，天寒點起，不熄，直至天氣回暖。供應熱水洗澡洗碗碟，灶頭炆牛尾牛脲羊頸砂鍋雜菜湯。還可以，洗淨的衣服放一邊烘乾。丈夫最愛搬椅子在旁讀報，安靜地等他剛才搓弄的麵包發酵。

　　我呢在沙發上好似拉納斯咁抱住一張被子，暖暖窩著，做妥功夫翻一兩頁書，讀線上新聞，等電郵回話，等女兒有空檔網上閒聊。如果午後電視播放阿加花姬絲蒂波洛探案，我有餘暇

沖杯熱茶，協助偵緝疑兇。

　　後園的水仙花已經冒出頭來，一群一群的，各自在草坪上找喜歡的地方落腳，要剪草那時候只好小心繞道。這兩星期天天過訪搔首弄姿的山雞，倒不是怕冷躲起來，而是，前夜在門前被不遵守時速的車子輾斃了，留下模糊血肉和幾根彩色羽毛，在雪地上，冷冷提出最後控訴。

昨日之路（2013/03/31）

　　這段路，不是日常出入通道，但往海邊小城小鎮觀光遊憩必經，半途是女兒就讀的官立中學，有七年長頻頻往返接送課外活動。四年前上了大學後便絕少來回。

　　十一年前，第一次試跑這段曲折迂迴的鄉徑，十五哩到達學校切實路線，沿途經過大小村落養豬場農場，路窄彎急，有焦躁車手緊迫讓路，遇上拖拉機巨型貨車，避無可避倒車後退，嚇個膽破心驚。

　　我們來到這偏遠地方落腳，周遭沒有親友毗倚支援，提心吊膽的，還有甚麼呢？中小學女兒都是校內唯一的華人，鄉村小學的同窗，樸素善良，當她中國娃娃般寵護著，未被欺侮。要上中學，就像每個父母，寄望給予孩子最佳機會，老師倡議報讀跨界官校，設施齊全，就此決定了，不必再考慮私立書院。

　　上中一，專線校巴巡迴十多條村落接載上學，個多小時車程，開始有人撩是鬥非吐剛茹柔，愈是靜坐一旁愈受到騷擾。每天放學回來她申訴我便仔細做紀錄。久不久央求我專車接送，我

一邊狠下心不應允一邊管自暗擔憂。後來欺凌伸延至堂上，午間休息時段更在圖書館聯群結黨挑釁，雖有仗義挺身而出的朋輩，都終於逼出淚來。我打印四頁撮要紀事交女兒，回校懇請訓導主任持平，雙方被召坐下辯白，風波迅速得到平息。孩子們相安無事乖乖完成七年中學。至於虎媽上門謾罵都事過境遷勿提了。

昨日之路，沒有經常徘徊記掛，但昨晚在海邊小鎮晚飯，回程走熟悉鄉徑，抬頭，女兒猛悟，倫敦數月，原來見不到，星空明亮。從鄉村走向城市，是她的意願，一般迂迴曲折。

成長真是艱苦的歷程，太多疑惑恐慌憂慮，前進，退縮。希冀，鼓舞，得著，失落。躲起來。走出去，走往那兒去？

轉轉折折，決志倫敦學餅藝，可是，友伴都有宏願服務社會，她又生疑，自己決定錯誤，被問及前途去向亦噤聲不敢張揚。信心，那裡是，與生俱來呢。哪處尋找，可找得著呢。沮喪天暗的日子，哭過了，她獨自去畫廊靜靜看Turner，在暴風雨光影間覓得安寧。

路，如果一直未見出口，唯有向前繼續走。她終於知道，幸好堅挺下去，原來沒有選擇錯誤，她心的確留在廚房裡，學習有無窮樂趣。原來可以與一組同學相樂交往，開始美好的友誼。

原來能夠捏塑出自信，不怕碰壁去叩門取得實習培訓的機會。

　　走過昨日之路，腳步漸次穩當，走下去，原來，會看見，隧道盡頭一點光。

今天又相見（2013/04/05）

　　終於上臉書。人家都twitter，whatsapp，甚麼東東來啦？聽誰說，不怕墮後，就不必氣咻咻追趕。人家網誌寫贅了，我才來敲字，逐隻逐隻，執筆忘字，最洩氣。誰叫我情迷鍾愛，文字。捨不得。歲月期期艾艾，記下來，閒時看看，啊，日子是這樣。曾經。

　　記憶愈來愈靠不住，明明收藏好，哪角落？找到，又塵封變了樣子。

　　變了樣子的，是今天的，還是昨日的，你我？打緊麼？並不。四分一世紀過去，因為也斯離開，大拇指回來了。重聚，多麼美好，大家在心，樂意行這一步。回來了。

　　大拇指從不多話，現在，這角落，看看照片，寫寫文章，閒聊分享，就好。

　　許開關臉書暖暖站，並題：

　　《大拇指》，是我們年輕時美好的共同回憶。

闊別經年。

僕僕風塵，各人自有各人的路向，多久沒有一同上路了？

當年的熱忱，有沒有，被生活磨損盡呢？現世，可容，懷舊之心？你看我，這麼小信。

然而，聽到召喚，大家興致勃勃，愛惜啊，齊齊去翻，記憶，珍藏。誰以為失落了的，有誰找了出來。分享。就像舊時，有共同目標出發的路途，有伴，扶持，切切實實高高興興熱熱鬧鬧。

來到暖暖站，當年的熱忱，今天又相見。

外婆橋（2013/05/16）

搖搖搖，搖到外婆橋。外婆叫我好寶寶，糖一包，果一包，你要吃，就動手，吃不完，拿著走。

我未曾見過外婆。我母孩提時她不在了。我母可有想念可有記掛，她的母親？我從來沒問。和我母，怎說好？果是與她性情相近嗎，纔經常噼哩啪啦火拼？近十年，頃聞入醫院消息，即按鍵查核機票，完全是自動方程式不加思索。有時候暫且放心。有時候，趕回去，「又試番嚟同我嗌交」。我與我父親厚，寫字以來，記住幾遍，常在心頭。唯有我母，輕輕略過，除了一篇《康乃馨》，寫心坎的貼近、現實的差距。親情切切，前不斷理還亂。當年我標題《白康乃馨》，因嫌其他顏色俗艷，幸得《象牙塔外》編輯小姐提示，白色紀念，紅色喜慶，這就是我才疏學淺，貽笑大方。我母不以為意。

我母的天地，初初，只團團轉繞廚房和街市間，一家大細圍住摺疊的枱椅，有粥食粥有飯食飯，老當益壯快高長大。外面繽紛的世界，與她何干呢。人家話，讀萬卷書不如行萬里路，書從未曾讀路又何須走。即使偶然必要出外，乘搭電車也暈車

浪嘔吐。無謂攞苦嚟辛咯。唔經唔覺仔大女大，如釋重負，忽然間，她竟能夠長途跋涉回鄉探親，隨團星馬泰，還遠飛溫哥華湊孫。輕裝上路，不再暈眩。

是這樣，她又毛遂自薦千里迢迢來英國等待外孫女出世。這對年輕氣盛以為應該自主自立的準父母曾經藉詞婉拒善意呢。後來女兒出生後我傷口痛他踢晒腳纏體會到果然家有一老如有一寶頻呼好彩。我母真是駕輕就熟，育嬰家務一腳踢仍然朝朝準時坐低追神犬拉茜睇到津津有味咭咭笑鬼咁開心。我暗忖幾時咁叻英文都掂！誰知對面費達祖母與她打招呼早晨你好嗎今天天氣好遲啲見，我母一律微微笑哈囉回應。相安無事，天朗氣清。

要回家了，送行到機場，行李剛辦妥，我母又急性子不住要趕入閘，被催慌了我們忘記閘內面的迷宮，由她急急腳揮手拜拜衝關去。回家半途醒覺，怎麼不託人領帶照顧呢。牽腸掛肚廿多小時，她報平安。原來她手揮機票登記證，香港香港，有西婦仔細看清楚，一直送她到候機室，而數月下來，已學識講，thank you thank you。

長大後外孫女兒數度回訪，至記掛老火西洋菜湯，那是她對外婆唯一懸念。搖搖搖，搖到外婆橋，我母忘記，同我唱過。

外婆橋　那是跨過　回憶徑　一道彩虹

雨後之必要　春暉之必要

想當年（2013/06/14）

舊事，翻起，有時候唏噓。有時候，像在這十二度有風有雨的六月早晨，竟然帶出一絲溫煦，暖暖心頭。

當年，大拇指集資替我文章結集，編輯先生現在無印象緣起，我幫忙想呀想，一般茫茫然。事隔經年，這一段，大家商量，叢書應該繼續下去，還有誰和誰，可以。而我，得到偏愛，且萌去國之意，大家先給我留紀念。這，是記憶，還是想望？

那些日子，是不是我一頭栽進野心堆疊的公事上，已經疏離編務，寫作交白卷多年了？工作崗位，背後冷箭嗖嗖，時間浪費在應付人事傾軋，心疲力瘁，對人際關係感到無助和失望，不若，退一步，海闊天空。

《當年確信》籌備多久呢？弟弟封面照片，馬四秀雅的插圖。也斯答應寫序後來事忙作罷，編輯先生卻靜靜地帶來辛笛先生題字的驚喜。有一個周六下午，銀行中心頂樓，大家團團圍坐在我上班的課堂，揀選文章，這一篇好，那一篇，要不要。我記得，室內笑語盈盈，窗外陽光普照。

書出來了，「開卷樂」要做訪問，大家深知我入不得廚房出不得廳堂，幸好得夏潤琴與馬康麗捱義氣出席，你看，肯肯是這樣被寵壞的。張灼祥後來贈我原聲帶，RTHK63 編號90/644。一小盒，一大片，好友心事。

　　書結集，是終結，是開始。婚後申請居英權，官列來一大串要件呈交，證書婚照當然，還要情書。嗄？不如連《當年》也附上，反正題獻，是他。忐忑不安，左等右等，終於批出來了。官還親自來電，致歉，略有延遲，是要讀完書歸還呀。怎麼不早說，害我寢食難安。快快寫下地址給她寄一本。

　　若干年後，有天在鰂魚涌吉之島商務，亂書堆中，彷彿，有一本銀樹黑字，減價十元。我瞄瞄，行開去，又回頭，拿起，放下，沒有相認。

　　我是個accidental writer（中文怎麼說好），一直，鍾愛文字，寫寫，停停，當然不是逢場作戲，但亦不曾用功。著作是嚴謹的，我沒有底子承擔。寫了字，結了集，這些年後，驚見編輯先生的書評書話剪報，原來曾經有迴響，甚老懷安慰就是了。

人生路上（2013/06/28）

初初，學轉身、爬行、扶桌椅牆壁試步，跌倒，張開雙手，要惜要抱。

慢慢，自己邊走邊回頭，要在視線內。得戚笑，走開去，走回來，拖番手。

漸漸，陪伴身旁，有時給拉手，有時不。

剛剛，自己行咗去，有時停步等，伸手來扶。有時滿臉不耐煩。

伸手來扶我，來穩定我蹣跚的腳步。真的追不上了，這城市急促的節拍。六月大風，走在倫敦街頭，如潮湧的遊客八方來，我茫然不知所措。低下頭，急急腳，不再張看。啊，年輕的浪遊的夢，曾經留連繾綣，如今，遺落在，哪兒去？

無盡歲月風裡吹，女兒轉頭伸手來扶我呢。我以前走過的，現在，追隨她肯定安穩自在的步伐，穿梭橫街窄巷，前往歇腳的下午茶館，吃一件餅喝一杯茶。

行行重行行 (2013/07/18)

卅四年前的初夏，有夢遠行。四十天，攜帶細細行囊，出境，官察看機票歸期，一臉訝異，就這小包，往英倫？他是擔心我不夠衣物替換？我沒打算表白其實是歐洲五國漫遊呢。輕裝上路，恃青春年少，不要擔負。

那個遠遊的夢。要知道緣起麼？小時候，家課冊前頁有一欄，要申報家長職業，我父填寫，工業原料經紀。每個字我都認得但哪會留神是啥職務呢。惟是每年年盡，木板牆上準有更新的原料廠印贈精美月曆，歐洲的湖光山色，古樸山城。我常常仰首發怔，上山的碎石子路，有夢，走在前面，喚我跟尋。

來過了。遠在異鄉為異客，估不到，會思家。出門不過十六日，抵翡冷翠，邂逅方塊字，「歡迎中國朋友，光臨佛羅倫斯」，竟然十分雀躍。縱使找旅舍碰了壁洩氣尚未有歇腳處，來到餐館松竹園，仍喜孜孜借問：還未開鋪？好開心見到你們啊！他鄉遇上，陌生人，緣何如此高興這般渾噩？怪不得，一鼻灰：未開！自己睇門口個牌！你開心你嘅事！一盤冷水照頭淋。

真是，甚麼一回事，轉身仍去留連，唐餐館酸辣湯咕嚕肉蝦芙蓉蛋炒飯。翡冷翠荷香園的山東廚子，代點菜之後，把侄兒也叫來見見從香港來的中國人；此地首間唐餐館呢，至今全市有五間。松竹園？老闆姓陳。大家不相往來，寧與意大利人打交道。行人莫問當年事。阿諾河的寂寞，還要不要知道？

　　在西班牙結伴的墨西哥朋友，寫他的名字紙巾上，易大哥。四十年代他在中國西北六年教授科技，還記得幾句國語。在馬德里大同酒家，店主兩個小女兒興沖沖來招呼，笑臉盈盈，挨磨在身邊，不願上學去。易大哥有感慨，這偉大的中華民族，有人的市集就有中國人，勤奮辛勞，惟日孜孜。我們靜默，忽感惻愴，不曉得如何繼續話題，沒有討論，為甚麼。為甚麼要有那樣的取捨，抉擇。一代，一代，離鄉，別井。客地，生根。我這番經過，一而再聽聞，沒有鄉里圍爐煮酒閒話家常，自己人多是非，不往還。銷鄉愁？再來一支紅酒。

　　許多事，想不透，說不清。在家，追逐一個遠遊的夢。在外，想念家中的安頓。千里迢迢，每一客城，追索熟悉的鄉音，米飯餸菜，待飽暖心定下來，才可繼續上路，放眼海闊天空。

　　行行重行行。

　　人生路上，踟躕，徘徊，轉彎抹角。誰料到，今天僑居客城，

亦一般離群自處，社交圈子無鄉里。若問我，還有追尋嗎？待我想想。有，心安恬淡，生活簡樸，日子平和。

這樣便長大（2013/08/02）

　　她也不是每年在蛋糕上加一根蠟燭吹著大的。縱然開生日會是此地生活一部分，不可或缺，畢竟她長大於移民家庭，並非一切皆入鄉隨俗，一隻手已掐算出搞派對次數。但根究起來，其實是，三歲半，第一趟參加，被請來主持餘興的小丑嚇驚了，哭喊要退席，此後逢有邀請，必先問清楚，那可惡的粉面人在不在，漸漸，邀請咭便漏掉她。禮尚往來，是國際規矩呢，她不去，人家也不好意思來了。她大概沒留意，母親著實地偷偷舒一口氣。

　　口了仍是要慶祝的，無論在家，或遠在宿舍，年年，任她揀選，訂位美食大餐。有時候會邀約友人一起。有些年，只是他們仨。自小已經懂得，尋常日子不會出外用膳，她曾問母親「點解您生日旬出去食飯嘅」，甚麼回話她全無印象。近年迷上餅藝，樂於給母親做生日蛋糕。母親最愛粟子蓉。父親呢，喜歡 Pink Floyd，他久久都不捨得切開 Dark side of the moon 的封套蛋糕和大家分享。她是這樣相信，揀選禮物她最糟糕，隨便買一件沒有誠意，不如用時間心機，設計一隻蛋糕。從畫圖到拌搓粉

團雕字塑花，她的好友室友，人人有份，她的溫柔心事。

可是，有回輕輕歎息，都沒有人做番畀我。

今年，那個父親決定班門弄斧（她在LCB學高級法式餅藝），連夜趕焗超級迷你鬆餅，抖出食物櫃剩餘物資——黑白芝麻碎朱古力杏仁片提子乾——廿二隻不同花款，還親自剪剪貼貼禮物盒。長途跋涉，送到手上。她謝過，攬抱過，眉頭皺皺，麵包還是餅？試一隻：edible！呵呵呵。

這樣，便，長大？

當然還有其他，歡愉樂事，嗌霎拗撬，忍讓退省。一匹布咁長。等，母親得閒，佢講喇。

而今而後，前路，自己行。天生這張黃臉孔，儘管英語流利，在倫敦街頭，仍然被截住追問，想不想學好英文呀。她一邊竊笑，stereotype，一邊杞憂，是不是，絆腳石，在前頭。

吃虧就是便宜（2013/08/23）

喝一口熱茶，吃一件餅，唏噓一輪天氣，這個夏天敷衍一陣陽光後，竟然八月飛霜，要披上長年累月搭掛椅背的舊毛衣，大家搖搖頭，再喝一口茶。

不旋踵，話題又圍繞暑期實習，近日記掛在人人心上。莉斯女兒珍芙廣告設計畢業已一年，仍待業。大學時期兩個暑假爭取到無薪實習，履歷上列有城中響噹噹名牌廣告公司，附推薦報告盛讚富創新意象被採納拍短片，同學們艷羨。畢業後投石問路，回應是暫未有正式職位空缺，但專案項目隨時用得著實習生。莉斯雙手一攤，作無奈狀，進退兩難啊，如何負擔倫敦昂貴食宿交通費，是否放棄眼前唯一機會，我們低頭不敢插嘴。她舒口氣笑出來，莫為兒孫作馬牛。已成年的珍芙有自己打算，不願繼續充當變相免費勞工，日前在咖世家咖啡獲取錄全職侍應，正受訓，起薪是法定最低工資，靠打賞，見步行步。

珍無語。平日她最多話，今天與莉斯同一條船，分別是，她的女兒妮坦莉尚有一年纔畢業，剛完成實習。她虛怯地問，廿多人競爭兩個無薪實習空缺，交通食宿費用自負，貼錢上班，

算作長線投資，還曾替女兒慶幸。公司聘請無酬實習生，學生得到在職訓練，不是互利嗎？原來是一場誤會？只是學生自動獻身代公司企業節省人力資源開銷？妮坦莉將來會有較理想的出路嗎？母親心裡慨慨然。

茶冷了。

換過一杯熱茶。我可以淡淡然說女兒也適逢類似經歷而際遇不同人家聽得出我深深慶幸生活終究仁慈眷顧卻完全沒有沾沾自喜嗎。

吃虧就是便宜。亦舒小說讀多了，潛移默化漸漸認同她這個信念有道理。可是女兒哪會聽我講呢，寧可身體力行親自體悟。這回，自己爭取當無薪實習生的經驗，從電郵申請約見面試獲得取錄，當然少不了一貫家傳的焦慮，患得患失，但事情經過其實十分順利。自四月開始，每周工作兩天，每天十小時。主要在廚房幫忙，間或有需要追隨副廚落餐廳裝飾餅點。

五小時削蘋果皮。五小時切芒果粒，來想像一下，大拇指指甲，分切四份、六份，就是要求大小的方塊。一整天拭擦製朱古力的模板直至光亮潤澤。兩月下來，要戴護腕了。

同學阿拔先後求職，一起工作。不過，他生日請假，宿醉又藉詞曠工，主廚召見認真訓誨，他動氣要請辭，女兒勸他三思，

不要隨便放棄，這米芝蓮星級餐廳的運作和餅藝是導師們推薦讚賞的，機會不常來。可是他不要知道。

第八天上班，主廚探問，怎樣看待這些瑣碎工夫，她不假思索：a job is a job, whatever it is, I'd do it。主廚點頭，好，今天貼身跟我。仔細解釋，各種材料的效用；如何用力度；讓她嘗試製作，示範更正錯誤。你也看見她綻開的笑顏？日後，副廚開始發放一天的to-do list，由她自行完成任務，卻不忘提醒如何善用安排時間分優先次序。

她八歲那年，玲玲在《格子與我》這樣寫：「我特別記得的，是她隨身攜帶的，記事簿。她寫甚麼來著。」我們當時都不曉得。但今天，隨身記住，是導師主廚副廚循循善誘的叮嚀教誨，受用一生。

今天是最後實習的日子。她一邊不停慨歎，美好時光，就此飛逝，一邊掩不住笑意，又去覆查電郵，看看主廚答應的聘書傳來沒有。

時光苒荏（2013/09/26）

許多事宜，說的時候興致勃勃，有想望，有希冀。樹梢偷偷透進一線光，微微地，掩掩映映。漸冉，天低雲暗澹。原來，得個講字。

腳步是這樣子拖慢下來的嗎？得過且過，隨遇而安。

噢。你以為，是信約、諾言，應允堅守，蝕人心靈那些情事，教人洩氣。錯了。生活不外是，竹頭木屑，柴米油鹽。這趟，外牆剝落，整個夏季爭持，我喜淡綠，他倆挺撐淺米白，我服眾，想像換掉蓬福桃紅，光亮門面，粉飾一新。甚麼時候去買漆油？中秋過了，牆灰，依舊，一小片一小片，如葉落。室外開始陰冷，下年再說罷。

看，不過如此。女兒高中時候，忽然記起，你們的結婚照，從沒見過。猜想當年，相冊收藏在紙箱裡，遷入後一直放閣樓上。我不肯爬吊梯，那父親不時說，讓我來，讓我來。待她大學都畢業了，一再提問，那箱子纔被捎下來。

舊時照片，翻出來，恍如隔世。

這個寶貝女兒，兩歲半，有這個訴求：媽媽唔好返工，爸爸先至返工，媽媽喺屋企煮蛋蛋女女食。八歲，瞄瞄對牢電視瞌睡的父親，嘆口氣，做工咁辛苦，我還是，像媽媽，守在家，煮兩餐算喇。廿一歲，她翻開相冊，結婚照，姨媽姑爹，嘩，這麼年輕。還有厚厚兩本，我在培訓中心與學員合照，職責要求儀容端莊，她驚訝，啊，怎麼不告訴我，原來你有 this other life。衣飾正是現今流行式樣。

她讀過，Ian McEwan：The Child in Time，「只有等你成年，或者，待你生兒育女，纔會完全體會父母在你出生前，也曾有他們轉折豐盛人生」。也許她明白，也許不。只是，一如往時，她繼續有訴求，媽媽，點解您唔打扮打扮下呢。

長憂九十九（2013/10/09）

　　周末南下運送糧餉配給。耶，我倆，頭頂長角，身變虎紋。

　　捨得放手，話咁易咩。女兒成年了，由她江湖獨闖，我們默默地站得遠遠，戰戰兢兢，防她跌倒，可以立刻上前伸手扶持，break the fall，不致粉身碎骨。只能夠這樣子。

　　斷斷不可能，像西文太太，兒子入醫學院、畢業後東南西北四處調職，她索性追隨遷徙，十年內，搬家五次，不許他離居。現在她十分落寞呢，剛娶了媳婦，兩口子自立門戶。

　　女兒開工兩星期了，按章是七至五，但六點半要簽到換制服，五點九出門。所有功夫做妥，已經晚上六七點，算一算，每日站立十二三小時。難怪喊腳痛。師傅早早已叮囑，多飲水，否則腿腫。

　　近廚得食，每天十一點員工早餐，齋素粉麵；五點晚餐，有菜有肉，包點飯麵任擇。可是，朱古力正調溫、麵粉搓了一半，總不成丟開去用膳吧？完成任務五點半，飯堂只有閉門羹。空肚子繼續未完差事。

頸痛。腳痛。腕痛。咳嗽。Chest infection。

衛生署例行巡查，抽選問話，竟然點中。官離場，她對大廚說，適才努力運功叫自己別咳別咳別咳呢。整個廚房鬆弛下來，笑作一團。

白髮蒼蒼的班姆太太也慨歎，卅多年前，哪有高速公路，她還不是巴巴地往郵局輪隊，一磅一磅芝士寄給在大學的兒子。他的零用錢，每天足夠一餐熱食，或者，兩杯啤酒。不用猜也曉得他的選擇。

早出晚歸，無暇買餸煮食。遠程運送的，全是便食：芝士、火腿、微波爐五色焗豆、早餐穀麥、果汁樽裝水、燕麥條、黑提藍莓……。還有四隻偏愛的豉油雞脾。

我們輕輕試探，貓姨從香港帶來你要的茉莉花茶，可以做馬卡龍喇？她頭也不抬，that has to wait a long long time you know。唉，賣花之人插竹葉，泥水瓦匠住茅棚。睇怕今年個生日蛋糕無著落囉。

點點樓頭細雨（2013/10/15）

我們從來沒有彼此說過，愛，愛你。親愛的，我愛你。

我們從來沒有雙雙擁抱過。

小時候，陌生的長長的街道，大手牽我，走過。童年穩穩走過。

少年時，久不久，有一個夢，一而再，再而三。每一趟，夢中，都記得與自己說，又做同一個夢了。黑暗的隧道，身畔流過人潮，一張臉孔也看不清。孤苦，陰冷，瑟縮，不由自主被推向前，跌跌撞撞，沒有後退的路。與自己說，又做同一個夢了。我害怕，但我不哭。然後，是誰呢是誰攜傘來庇護我，心恬定下來。我要知道是誰呢，前面有一線光，隱隱約約，還來不及看清楚是誰就醒來了。哭叫著醒來了。奇怪，夢裡明明沒哭明明已經安心。有時您聽見呼喊來把我拍醒沒事沒事再去睡。有時我起來尋求母親的撫慰，但她總是把我推走。天明我又發高燒。是噩夢害我發燒，還是發高燒做噩夢呢。一而再，再而三。

成年後，夢不再。常常揣測，攜傘人是您麼。是您一直惦掛，將我的手交給另一個人。有天我離開，您知道我會有扶持，然後您可以放心地繼續綿綿不絕惦掛其他。首次中風入院昏迷，醒來第一句話，吩咐，唔好話畀阿淑知。

我也是跟您學會，報喜不報憂。移居早年戰兢倉皇，生活有皺摺，挫敗，徬徨，迷惘，沒有憑靠。不敢寫信了，生怕無意洩露憂傷，且頻寄女兒生活照逗外公外婆歡喜。

我們相愛我們從來沒有雙雙擁抱過。

您知道嗎？我的女兒與爸爸又攬又抱，互傳短信XOXO。

昨日重陽，陰雨綿綿，不覺想起，心頭細碎。忽忽又七年。

焦慮（2013/12/07）

胡思亂想，自己嚇自己，疑神疑鬼，愈諗愈似，膽破心驚，魂飛魄散，行唔安坐唔樂。

又乜事呀？

一樣米食百樣人。其中有人，聽到遠雷唶，哪會臨到頭上，打散屋瓦，水浸廳堂？驚都未驚過，晚飯宵夜直落大被冚過頭。另外有人，遠方有戰爭，立即囤米上倉，油缸入滿；新聞又有失蹤婦孺，立即下令禁足。神經繃繃緊，冇啖好食。

請勿標籤我倆。提心吊膽，what is fear but fear itself？

這回，女兒首次當夜更餐廳服務，連續九日，兩點至午夜，執完手尾地鐵已停駛。等稀疏夜巴士，紫色三層？哈利波特魔杖傍身？半夜三更，黑麻麻，靜嚶嚶，一個女仔。餐廳女經理問，咁細個做乜唔讀書你幾多歲呀做乜要做份咁辛苦工時咁長嘅工呢。仲有幾個人問，你夠唔夠十八歲呀。

焦慮無由。

那父親吩咐，到家只需短訊，嗨，報平安，免我們擔掛。她學會西洋規矩，有人在旁不接電話，開工不接電話，人家來電即覆，懂禮貌有修養，可是，忙呀累呢連影都冇點會記住父母憂心忡忡，傷害只因親近。首更當夜，那個父親輾轉反側，翌日沒有話別便出了門，恐怕他自己也不察覺。遠離塵囂，鄉居久了，忘記首都繁華不夜天，夜班巴士路上行人擠逼如晝。呢度係倫敦㗎喇咪擔心啦。

我知，我知。逆地而處，你還會不會深明大義語重心長勸說，快快解放圍裙帶啦。咁都好擔心？人家空檔年背包非洲流浪言語不通人情不懂還不是冇穿冇爛。

焦慮同你講道理咩。

她一定得到遺傳了。經常焦慮做不到最好。試用期，這麼多對眼睛吸住表現，誠惶誠恐，擔心呢樣擔心嗰樣，手捧一盤朱古力，在行政總廚主廚副廚面前滑手，整個早上的心機功夫瀉滿地，大家目瞪口呆，主廚反應快，速速安撫，「不哭不哭。不過是一盤朱古力，不是世界末日，沒塌天，沒要緊沒要緊，沒有大不了」。

「經常焦慮的人是廚房外面的煙卣，旁邊人遠遠看見都忙著拐彎走了」。

聖誕禮物（2013/12/26）

平安夜，廚房放好一杯牛奶、一碟碎果批，壁爐邊掛長筒襪，聖誕早晨起來，歡呼，呵呵，正是夢寐以求的，過去一年，循規蹈矩，值得嗝。

現實不是這樣的。

我的聖誕老人，年年都這樣與我說，喜歡甚麼，自己去買喎。隔一會，又催促，喜歡甚麼告訴他，他去買哪。年年，我這樣回話，不用不用。其實是，千金難買心頭好。

今年，我的手指腳趾都交叉了，終於如願以償。完全用不著信用咭支票簿。

月前，女兒預告，假期要開工，大概要破例不能一起過聖誕。你看她輕輕歎息，強顏歡笑，除非轉行，恐怕從此佳節慶賀與我們絕緣了。我愁看她沒精打采，不得不振振有詞，日日是好日，會得珍惜共聚時光就是，哪用等過年過節。豈料峰迴路轉，三個月下來，連續值勤七日、九日，從未試過合約上的五天，做到一隻屐，竟然有打賞，大廚早已編排八日假期，敦促她回

家過節，元旦日報到上班。嘩！今次果然係聖誕早來囉，立即商量是否又放過火雞去燒羊腿⋯⋯

人算不如天算。上班日子風和日麗陽光普照，周末假期烏天黑地橫風橫雨，大家擰擰頭，唔使天氣預告，幾乎可以與梅菲定律一般成為定理。正當預備迎接假期，南部暴雨洪水泛濫黃色警告即生效，水患成災，有人痛失家園財物，有人歸程阻滯外遊取消，不測風雲，旦夕禍福。

深怕一場空歡喜，等、等、等、直到平安夜平安回來。二話不說，立即動手攪拌椰子雪葩，搓粉做黑芝麻蛋糕，奉上答應了我的聖誕禮物。

風雨飄搖的日子，還有甚麼餽贈，珍貴如樂意回家，共享天倫？

只要有日是好日（2014/01/01）

　　新年了，來，與大家賀年，大吉大利。日日是好日。

　　你說，我是不是，樂觀過了頭。世事世情，豈有盡如人意，天天風平浪靜，不起波瀾，長住香格里拉？人間有累不可住，塵心如垢洗不去。無憂無慮？人生不是那樣的，我們實在需要日復日的徒勞，生活微小瑣碎，追尋存在的意義，偶然挫敗，偶然得意，偶然生氣，偶然歡喜。人生似，冬天的樹，禿枝，北風中蕭索，春來，綠葉紅花滿枝頭。

　　如是，誠心誠意，祝願，有日是好日。

　　只要有日。人生滿希望。尋找每朵雲那一條銀邊。不會常在谷底，沮喪、疑慮，前路有彎轉了，僵在那兒。來，抬頭，抬頭看看，雨過天青，藍天白雲，若果要回身走，拍拍灰塵，退一步。

　　一元復始。不是簇新的開始。是再重新，是有過去的，或拖拉著舉步維艱，或推倒重來，人生路上，走下去。

　　只要有日是好日，張望，後來更好。

來，抱一抱 <small>(2014/01/10)</small>

客地住久了，也習慣，見面，抱一抱。偶然，來右臉頰，親一親。

許多年潛移默化，纔教我張開雙手放開懷抱迎接，人間溫情。當初，害我覷覰手足無措，是夫家親戚的熱忱，他們久居外地，入鄉隨俗，見面擁抱，歡迎歡迎；分手再見，不捨不捨。此刻暫別，天各一方，後會有期。親情緊緊抱住，拍拍背，珍惜再會時，親一親轉身去。

我自省。拘謹木訥，來自我父，一家子關愛卻從不攬頭攬頸親密，昨天的我並不知道介懷。血濃於水，若有事故，自然赴湯蹈火。他不重他是我的兄弟。可是，今天的我渴望，就是平常日子，兄弟姊妹也親暱，你累了，這裡來，借肩膀讓你休息，來抱一抱。我渴望，實實在在，在懷裡，心連心，歡欣困倦，互相扶持送暖。擔子不一定減輕，歡樂必然共享，人間有溫情，這裡來，莫吝嗇傳送，別驚怕接受。

孩子天生曉得，跌倒了，就來要抱，得到撫慰，忘記痛楚。長大後，為何不要呢？女兒青少年期，逛街已不許拖手，年年

暑假隨樂團歐洲巡迴演出，出發前人人抱別，她放下行李，逕自上車，回頭揮手。我以為要失去她了。選大學有咁遠去咁遠，車程五小時高速公路。表姐是過來人，安慰我，唔使擔心嘅三舅母，等大啲會懂事㗎，你睇我，幾乎離家出走。如是，我等。成年了，落腳倫敦，每趟相聚，見面緊抱，話別不放，依依不捨，火車站人來人往，絲毫不再介意，眾目睽睽，體貼別離情。

聖誕前瑣事煩心，貼鄰上門欺凌，好友夏文夫婦聞訊，匆匆趕到，細析詳情，共商對策。溫言軟語，我們在你左右，不會讓你孤軍作戰，來，抱一抱。

人間有溫情，等我開懷迎接。

年又過年（2014/01/25）

離鄉別井。起初，大年初一，要上班上課，難免憂悒，耿耿於懷。那時候年輕，不甘寂寞，不甘心日子平常過，周末放假，呼朋喚友，potluck聚餐，鼓樂喧天，熱鬧一番。嘉芙最本事，跟隨食譜，捧來年糕蘿蔔糕羅漢齋，有誰特地往倫敦唐人街買一個年盒盛滿瑞士糖紅黑瓜子糖蓮子糖冬瓜，還有誰遺憾不會做煎堆油角了買來的未及祖母做的丁點好。八方來的遊子，人人手握大耳杯鐵觀音，抓一把瓜子，附和一旁助興的森美許，愈唱愈得戚，共親友相見講話投機，充滿新春喜氣歡暢揚眉。

這般喜洋洋慰鄉愁的聚會，一年一度，持續數載，直至大家都當了父母。孩子們上學，當然是聚焦聖誕節復活節萬聖節夏日園遊慶秋收。農曆新年？唐人街繼續舞龍舞獅，可是離開我們太遠了。客地居處，入其俗，從其令，隨遇而安。

不過是託辭。其實，無論身處何地，都有逐漸離去的人們。沒回覆的賀卡、電郵，捎來的問候，擱置一旁，鋪滿生活的塵埃，拭抹後模模糊糊，水闊魚沉何處問。萍水相逢的旅人，暫聚幾回，從此斷失聯繫，交遊更零落了。

年，是一隻獸，敲定我們孤寂，一口一口，吞噬，我們對賀年的熱忱。還來得及，貼一副對聯驅趕嗎？

逢年過節，百般心事，趁機扎心頭。有些包袱是一輩子的，有些可以不情不願地放下。我們有需要將家鄉的傳統繼承嗎？孩子客地出生，走不一樣的人生路，誰說一定有錯過和失落呢？

煩惱，完全自討。

生活裡的聲音。女兒三歲半入學後，只有英語對話的友伴同學，從此我講廣東話，她外文回應。但會見長輩，她還是會恭恭敬敬，係，好，知道。轉背偷問剛才說了甚麼來著。今天倫敦巴士上，不要旁人聽見我倆閒談盡說人非，她又轉中文台，嗰個Tallie成日駁嘴，踢都唔郁，激死人㗎；Stefen企喺柱後面唔去serve，同Bianca bet幾時先畀經理捉到喝；佢特登踩我對新靴，冇嘢好做。有人肯慢慢逐隻字逐隻字講，叫我貼心歡喜。

月曆上紅字記低大年初一，備忘給女兒寄利是，給家人約網上電話。年，又過年，共慶歡樂團圓。

歇腳處 （2014/02/21）

　　她環顧四周，舒口氣，噓！這是六年內第四次搬遷了，房間愈來愈小，租金愈來愈貴。這改建的頂樓斜閣小房間，還不及父母家中廚房大，只有三隻天窗。幸好是套房，免卻與房客共用浴室霉氣。雙人床移在天窗下，漫長的日間勞累困倦躺下來，可以看得見童年的星光嗎。

　　自小嚮往城市生活。六歲移居鄉間，多見樹木田野，夜晚踏出家門，伸手不見五指，抬頭繁星閃閃，她從不依戀，早早聲明，他日，有咁遠走咁遠，走向人間燈火，靜賞繁華。

　　終於得償所願。大學離家二百多哩，西南名城。宿舍只租與一年級生，母親揸主意，要套房，要就近音樂系，晚上排練夜歸要安全。一層樓五女孩共用廚房，編更輪流執拾回收及垃圾放入樓下收集站，但總有人卸責，還經常要疏導被青豆剩菜淤塞了的洗碗盆排水管，許多次氣憤向母親訴苦，她驚訝，乜你而家識通渠咁叻呀。

　　二年級與五個女同學另覓居處，地產經紀不出勤帶路，只電郵一列地址電話，她們自己預約摸上門。有在洗衣店舖樓上的，

地方寬敞闊落企理，可惜隔鄰是酒吧，女孩子出入不大好。又有現任住客倒業主米的，警告她們，破舊從不肯維修，雪櫃洗衣機簽約前答應換新，如今將滿約了。兜兜轉轉，兩個月下來，十次八次失望之後，終於大家都同意，眼前房子有足夠空間六個人走動，家具明顯是二手拼湊的，但環境幽靜，這就是了。地產經紀立即傳來賬單，代理佣金每人一佰三十鎊，母親聽聞嘩斷搶咯。難怪他們參加電視遊戲節目，一報上職業，現場觀眾即噓聲四起，主持故意歪嘴笑問閣下座駕是法拉利抑馬塞拉蒂，當然全中。

三層樓六間房間，大小不一，業主堅持租金相同好計算，大家唯有公平抽籤。她的房間是閣樓改建，高高在上，夏天酷熱，冬天嚴寒。暖氣不足，冬夜要雙重棉被加冷帽羊毛內衣羊毛襪纔夠暖安眠。但她喜愛窗外極目千里，雲天幻變，城市全在眼底。這世界，在腳下，等她準備定當，踏出第一步。

畢業後她揀選一條艱辛的路，獨自闖蕩。倫敦找落腳處，談何容易，長安不易居。徬徨焦慮一段日子，船到橋頭，父親年輕時的女房東伸出援手，她的幼子有房出租，兩代的因緣，兩家的需要，一拍即合，訂一年租約，暫時駐足。

這一年她勤奮好學，每一節課都期待，每一日都珍惜。眉開眼笑啊這是一生人最美好快樂的時光。天天冀求，日子不要，

這般快過，好日子不要急急溜走。畢業禮後她將高級餅藝證書慎重地交給父親，請找一個框架掛起。大學證書？留在抽屜就好。她決定走不同的路，不必回顧，前面，有心儀的差事從低做起。她清楚自己的志向，兩年內要達到的指標。尊師重道等級分明的行業，她樂意恭恭敬敬一步一步攀那梯級。

如果找落腳處一般順遂就好了。租約又滿，這回不用地產經紀，上網搜尋，交費註冊優先回應，現代科技，電郵申請約見。寄出二三十封明明顯示已讀，竟無人覆，有reject button㗎有幾艱難呢，母親答話大概有人驚唔好意思怕說不啫。真惱人叫人委頓。是否關乎他們要求申請人廿五歲以上呢？未夠年齡怎麼辦？人人在家靠父母？不可氣餒只有強調「not the normal twenty something party animal」，嘿，終於有兩處約見，聞說有意的排大隊唉。以後好不好略過歲數不提呢？不說是瞞，說謊是騙，是同一罪狀嗎。

瞞天過海，就是這樣他們給予一次見面機會，根本不介意她年輕，一致通過。拖拉了三個多月，茫無頭緒，彆氣悒悒，忽然五日之內，約見交租簽約搬家。定下神，躺下來，天窗外有一線陽光衝破陰霾，近日水患連連，沿泰晤士河氾濫的城鎮是兒時舊居，原來已經走了這麼遠。一站一站。抖抖又嚟過，跟住連續要當八日更。

但蜂媒蝶使，時叩窗槅（2014/03/19）

人間，如果沒有言辭話語，如何傳情達意？多情，為誰追惜。大黃蜂與鳳蝶粉蝶，已瀕臨絕種。

眉目傳情？揮揮手，點點頭？

高速公路，三條行車線，非常繁忙。在內線的小客貨車被困在重型貨車後面，三番四次打訊號燈試圖越線超車，都沒有人願意讓路。我們在中間，遠遠已經看見，臨近亮車頭燈示意，慢駛讓他過來。司機雀躍，不住閃左燈右燈左燈右燈致謝，我們也霎一霎車頭燈表示不用客氣。

士碌架錦標決賽，進行得如火如荼，現場觀眾屏息靜氣，負方環繞球桌左度右度撐晒頭，球桿桿頭不住擦粉，擺彎腰擊球姿勢，作完狀，站起來，再繞桌一周。聽得到一口針跌落地。終於，咬咬牙，迴旋擊中障礙球打開困局，滿場歡呼聲掌聲不絕。我最愛隨後一刻，對手認同讚賞，用球桿輕拍球桌邊緣。輕輕的，瀟灑地，識英雄重英雄。

啊。有一年六月，偷偷冀盼實在相見的快樂，但那不是歸人，

是過客。話語間若無其事一點也不許洩露。來兩杯咖啡，閒話家常，問我，還有讀書寫字嗎，我點頭，隨便提起，正四出尋找鍾拜雅絲《破曉》不獲呢。不意有人緊記，日後，書空郵寄來驚喜。那天話別，看著電車離開。「我喜歡看電車和電車打招呼，兩下鈴聲，又擦身而過，甚至不拉一下手」。

今天網誌臉書上，認識的不認識的，志同道合，引起共鳴，講中心事，亦不用言辭，只按個讚，表示欣賞。之不過，我是寫字的，鍾愛文字，如果有留言，更加滿心歡喜。

我其後來，有另一番風景 (2014/03/25)

兒時。

我母記得片段：頭生，出世腳頭好，我父生意轉旺，家用寬鬆，祖母重男輕女，都沒話說；我父捧著碗，第一街追至第三街，全為要餵我一口飯；反斗，人家撩逗我不敢，即由上格床跳下，折斷左手；上樓梯硬要自己來，滑倒，跌傷下巴。

這些我一點都不記起，只有下頜一吋疤痕證實我母記憶猶新。

二年級，搬家，島西往島東，山長水遠。祖母盼兒孫繞膝，我父至孝遵從，毗鄰而居，晨昏定省。從此他上班需搖電車由這一頭到那一頭，日日多耗兩小時在路上，無怨言。我被安排入讀村中福音堂福音學校，降班，爭端是老師已預備好整套一年級課本讓我插班，大家竟無異議。

當時，誰察覺，我的人生路，從此分岔？無數山，無數水。只有日後，久不久，捧著一杯熱茶，愣愣地聽雨聲淅淅瀝瀝，記得如此，忘了似乎。困惑，當年，二年級，倘遇上，今天想起會是誰。夢裡可知，身是客。

夢中醒來，一額汗。我遲到了，超時替新聘大學畢業見習生
謄改工作報告，何止揸筆搽紙，簡直拖手扶行，日後訓練期滿
統統升級當我上司。北角喬家柵一張大枱坐滿人，大家移位拉
櫈讓我坐下。叫了菜喇，還要添甚麼？豆沙鍋餅。有人笑了，
咁快叫甜品。為甚麼不，甜品減壓，女兒倫敦習餅藝，她維生
技能，一定要捧場。小籠包蔥油餅上海粗炒獅子頭菜飯上來了，
大家靜靜地起筷。電影籌款《霓裳羽衣曲》賣票情況如何，甚
麼時候去貼海報；誰脫稿開天窗要補字，哪個筆名今期未用到，
思地紙月早朗肯肯；老爺電腦苟延殘喘，如何貼圖更新；臉書上
有人尊稱我等前輩呢；金禧支撐過，碼頭工潮要表態嗎；大拇指
之家臉書存檔妥貼整齊，此心安處是吾家……

　　一額汗。險些兒錯過，此生。與文字，與大拇指結緣，此生。

　　幸而。

　　錯過了一班車　先前的走先前的路　我其後來　有另一番風景

（原載《香港文學》2014年2月號 第350期「大拇指重聚展」）

采之欲遺誰 (2014/04/14)

　　真是，給誰呢。安靜地，賞花吧。任由春花開滿園，水仙藍鐘鬱金香我認得，其它叫不出名字，管自招搖，還是一樣芬芳。

　　從來，沒有人給我送花，我沒有怨言。我獨鍾愛天堂鳥，我自己買。那是還在上班的日子，晨早在樓下買一枝，珍重的捧著去擠地鐵，行人看見會微微笑，偶爾，陌生人會問是甚麼花來呀，我炫耀賣弄，年輕的幼稚的虛榮，裝飾青春年少。

　　青春年少，沒有人給我買花啊。忽然有人堅持要送生日禮物，拘謹試探鍾意乜呢，終於機會來了，我說就送我一隻天堂鳥吧。遞過來，不見傲然挺立硬朗彩艷，卻是一隻胖胖水晶鳥。明明白白的告訴，怎麼說呢，還是不明白。

　　我訴說花的故事，一瓣一瓣。花有話要說麼？我斷不思量，你莫思量我。

愛是，親力親為（2014/04/22）

　　自己動手自己來，DIY do it yourself，是此地日常生活一部分，人人會。喔，人家會。

　　大工程如築愛巢，小柏加先生示範了。三十年前，年輕的他決定成家立室，蘊仔拉心肝，老柏加太太立即從松苑撥出三分一畝地，讓他興建溫暖的居停。彼得柏加畫圖則，選材料，砌磚砥柱，焚膏繼晷，親力親為，終於用了一年多時間完成。迎娶瑪茜亞，種滿園玫瑰，命名薇園。

　　與父母毗鄰，晨昏定省。在籬笆開一扇門，方便隨時可以借糖借奶沖茶。閒來幫忙種瓜菜，輪流負責星期日烤肉午餐，生活樂也融融。兩個女兒相繼出生，彼得與瑪茜亞生於斯長於斯，決定在此執手偕老。

　　人算不如天算。

　　瑪茜亞罹病，多發性硬化症。一天一天的，行動不便，彼得立刻在後院砌曲尺花槽，高度恰好讓輪椅上的妻子繼續園藝。漸漸，樓梯成為阻障，十六級，就是攀不上。他隨即向市政府

申請改建車房，睡房有一個礙眼巨型電錶箱，不能計較了。可是，兩個女兒也要親近，因此大門兩側加放小床，樓上三間睡房丟空。衣櫥也搬進客廳門後，一家子起居全在樓下，活動地方日見擠逼。

無論貧富憂患，同甘共苦。彼得柏加年紀漸大，這一趟，要兩年多時間，纔在鄰村建成一座平房，走廊通道擴闊，輪椅通行無阻。後院的花槽，一座座，有水泥小徑相連。春風吹過，瑪茜亞穩坐低頭除野草，聽得見，婚姻的誓言，我在這裡愛你。

薇園轉讓給我們。客居閒似家。

丈夫也會，小工程。他喜歡雙手勞力，講好多次，從頭來，廚師木匠水喉匠機器技工，是但一樣。年輕時捧著手冊指南自己維修汽車；校外課程學做相框，裝裱我鍾愛的保羅克利印畫。女兒出生後，外倫敦寓所除主睡房外，房間偏小，容不下標準單人床，他公餘畫圖設計，左度右度，終於在女兒會得自己安全爬樓梯的時候，那張四呎高下面玩耍上格睡床完工。小型床褥往專門店訂造，床單有姨姨縫製，小人兒歡欣燦爛的笑容，那父親看在眼內甜在心頭，不在話下。

床下青蔥日子，歲月如歌。有大豆袋依偎，旋開隨我渡洋移居的座檯新力收音錄音機，一盒盒中英兒歌錄音帶，轉來轉去，

全部歌詞，琅琅上口。小紅帽三隻小豬故事唸得爛熟，自己錄音廣播。還有從我的書架偷偷霸佔過來的王司馬，我在樓下廚房都聽聞咭咭笑聲。六歲搬家，可惜牀架搬不動。留下只有思念，一寸寸。

今天女兒租住閣樓房，附一張雙人床兩隻五桶櫃一個流動掛衣架，一樣地方淺窄。幾箱藏書留在家裡，輪流要我逐幾本搬來搬去替換。那父親心思思，又拿出尺來，衡量壁爐牆那小三角砌書架的可能。草圖畫妥，受難日鋸板鑽隆，工具不齊全，將將就就，亦算似模似樣。復活節送落倫敦，兩父女商商量量，一人計短二人計長，縛繩砌好。堆疊案頭的書本，終於，整整齊齊，漂亮窩心。

愛是，親力親為。珍惜共度美好今天。

書卷多情似故人（2014/05/05）

　　女兒獨生，自小學會自娛，電視兒歌錄音帶之外，鍾意書本。四五歲，將我的牛仔靚女蘇珊狄保士偷偷搬到自己的書架，給雪人柏定頓熊小紅帽木偶皮諾喬郵差阿白做伴。嘿一定是見我粒聲唔出，跟住更明目張膽招呼查理布朗成棚人，與牛仔排排坐。那一大疊花生漫畫，有段古呢。初出茅廬，人工一大份交我母家用，車馬費午餐後所餘無幾，偏偏我愛書也愛電影。銅鑼灣天橋下樓梯底小書店，有陸離介紹的花生漫畫，薄薄一本三個半，一張戲票也是。魚與熊掌，往往，一番猶豫掙扎。我的選擇，伴女兒成長，如今仍安然在她的書架上鋪塵，而當時錯過了甚麼電影，一套也記不起。

　　初初，我倆閱讀速度，不相伯仲。她翻完書向我推介，急切要討論故事，我樂意奉陪，三天完成哈利波特七百八十四頁，讓她興高采烈覆述細節。漸漸，對那些魔幻神怪、動物歷險，我再也提不起興趣。她高中修古典文學，我更力不從心，名利場優力西斯，敬而遠之。

　　其後，她轉移目標，瀏覽父親的藏書，一九八四美麗新世界

2001太空漫遊發條橙如果在冬夜一個旅人露絲與蘋果酒，兩父女喜飯後餐桌上交換書話，暢談天文地理自然世界蜜蜂救亡量子力學流行歌曲樂與怒。有時喁喁細語，有時面紅耳赤。我總是靜靜地捧杯熱茶行開，明知他倆最怕洗碗，乘機留低碗碟睇邊個拗贏。

如果沒有書本。

話說當年，已經收拾得七七八八，貨櫃裝箱工人終究忍不住，勸說，三分一都係書，未入箱，留低啦，慳番唔少運費㗎。

一番好意心領了。異地清冷孤寂，書卷多情似故人。

頭兩年是那樣過的。有人當我土生，親愛的甜心愛人一輪嘴我完全跟不上不知所謂陪笑；有人預我不曉，逐隻逐隻字重複我唯有小住點頭；有人懶理我懂不懂，當面訕笑口音錯字我惘然不會應對。頭兩年，我將帶來的英文書，整整齊齊排好在一併運過來的矮書櫃，碰也不碰。我無心去努力提高英語能力。我的心，猶未可，既來之則安之。抱緊的浮木，是一冊冊直行的書卷文字，反反覆覆重溫小思鍾玲玲吳煦斌西西也斯亦舒筆下的熟悉的柔婉的親切的世界，一遍又一遍。晨昏憂樂每相親。

那樣漂浮的日子當然一般潺潺流過。

買不到中文書了。終於翻出杜莫里亞夏蓮漢芙莉莉安海曼安東聖修伯里鍾拜雅絲。又鑽圖書館、加入書會郵購、二手書店搜尋，蟹行文字。偶遇鍾愛的作者，全部著作網羅，書當快意讀易盡。暢銷書也不放過，囫圇吞棗，過日辰。

女兒從小亦書不離手，車途中，兩旁風景如畫，我說看哪看哪，等她抬起頭來，一臉茫然。她從來不知道我心底的渴求，有伴同我，一起，看見，齊來共醉春日暖。

自立後她破了用膳停止翻書的誡條，左手捧書右手扒飯。那顛倒日夜的輪班作業，社交活動等於零，幸好有書本陪伴，我們豈可批判。有一個長周末，分配到三天假期，執到寶，歡天喜地呼朋喚友，安排定當，翻出華衣美服試拼，哎喲成日揹住件廚師白袍都唔記得點打扮咯。興奮雀躍。太陽之下無新事，一個二個臨時爽約，聚會告吹。她懊惱，千辛萬苦落腳倫敦有甚麼意思呢如果沒有友伴分享同遊。

我放夏蓮漢芙選集*在她的案頭，有好幾年了。落了單那三天，布斯伯里街女公爵，義不容辭地，陪伴走向查寧十字路84號，導遊眼中大蘋果，分享Q的遺贈。她舒一口氣，這一本，也可以放我書架嗎。客有可人期不來，還幸，我們永遠有書卷，不辜負，給予慰藉，天涯海角不孤單。

* The Helene Hanff Omnibus: *Underfoot in Show Business; 84, Charing Cross Road; The Duchess of Bloomsbury Street; Apple of My Eye; Q's Legacy*

花開的聲音（2014/06/30）

今天薇園沒有一朵玫瑰，你應該聽我說過是甚麼回事。當然，在這之前，曾經滿園盛放，前院攀磚牆，後院繞籬笆，千艷萬艷開，吩咐東風莫亂來。完全不辜負房子的命名。後來。後來你都知道，即使我四出求救，一株株玫瑰樹，葉子仍然長黑點，含苞待放的花蕊，無緣無故萎靡了，終於，一年一年，一株一株，拔掉。我不喜玫瑰，不曾惋惜。

前院荒蕪了兩三年，漸漸被蜀葵進駐，一排排六七尺高，搖曳生姿。誰曉得花從哪兒來呢，我從不播種，只清除野草，猜是蜂媒蝶使不甘寂寞，久不久又在園中增添替換新品種，讓我坐享其成。我沒有怨言。

外遊歸來，後園雜草叢生，有排忙了。更估唔到，鄰家的藤蔓，竟肆無忌憚地攀過來糾纏住籬笆旁老弱的蘋果樹，好幾枝幼幹被窒息枯萎了，還繞來繞去殃及旁邊的紫花醉魚草，今夏，蜂媒蝶使還會過訪嗎。

園藝我哪懂呢，野花野草，嬌俏的、硬朗的，只要不管自得

寸進尺、懶理他人死活、霸佔纏繞，往往給予生長空間，任其和平共處，各自招搖，紅它一春，綠它一夏。但，此際，光天化日，藤蔓如斯放肆侵擾，打橫打掂稱雄稱霸，咁得戚，待我來，遏止欺凌。大剪小剪齊備，以為會頑抗，那曉得枝葉並不扎實，得個樣，一扯即斷，退還自由。

　　且慢歡喜。那藤蔓，纏繞侵蝕著籬笆，已許多年，一次大風暴中隨籬笆塌了，銷聲匿跡。豈料春來，風吹又生。曾經溫馨提示，鄰居笑笑，就是不肯剷草除根。此地規矩，隔鄰枝幹越過界，在自家園子內，可以修剪。這將是長久的抗衡，先讓損傷的手腕休息。蘋果樹雖過了盛果期，仍舊歲歲春花紅滿，必需守護，靜待，來年，花開的聲音。

　　沸沸揚揚。就是那盼求民主自由的聲音嗎？

Old Timers' Disease (2014/09/15)

　　心都實埋，是這次的醃鹹蛋，隻隻如是。鴨蛋難求，唯有新鮮農場雞蛋，用鹽水浸，四周。飯面蒸熟切開來，實的的，蛋黃不紅不見油。哪裡出錯呢？上回蛋黃油多，讚不絕口，沾沾自喜，懶得戚，原來撞手神？托頭碎碎唸，下鹽太多？不夠？雞蛋不新鮮？時間過長？上回浸醃三星期還是四星期呢？怎麼一點都不記起。尚且是這一兩個月內的事。

　　心都實埋，金魚的記憶，彈指間，游走。南下，車行七哩外，他失驚無神問，關了熱水掣未。喔，我剛才答應過？搜索枯腸，洗杯碟時好像喏一聲，之後，有沒有開櫃門，啪一啪那電掣。有。沒有？擔心過熱爆水管嗎，不是說有溫度計控制調節不礙事？唔瞅唔睬。沉默如鉛。再前行兩哩，粒聲唔出掉頭回轉。機會率五十五十，虛驚一場。

　　老來病，豈止是健忘呢。

　　一路走來，必然遇坎坷。累積經驗教訓，船頭驚鬼船尾慌賊，怯懦美其名為謹慎，留守安樂窩。敦起個款對年輕人指指點點，

食鹽多過食米，終究是，浸醃久了，不再靈活，不會認知同理，心都實埋。

有冇得醫？

無獨有偶，秀雯在網誌這樣記下我正正在心裡頭想的：

老人癡呆的開始⋯⋯

「唔記得咗唔記得啲乜嘢。一切要從頭開始。隨身應携帶紙筆隨時寫下備忘錄。不過要記得張紙仔放咗喺邊，否則又喺得個吉！」

讀後笑不可仰。如此精采，我因而未徵求同意便轉載，恐怕轉頭忘記了，這兒先請罪。

猶似一瞬間，回首斜陽暮。曾幾何時，長恨歌一個晚上背出來，此際連自己手提電話號碼記也記不牢。我們的青春小鳥飛去哪？

明明洗淨三文魚，只欠薑蔥；拉開雪櫃門，咦，唔，又掩上。去淘米，按電飯煲。放鹽水，浸西蘭花。瞧一眼三文魚，啊！原來去開雪櫃找蔥。

明明列出清單，離家兩日，出門前要淋花關閉電視電腦爐灶

電源，來回巡察一次。又一次。再來一次。可以出發了吧？

　　歲月，不饒人。流年暗中偷換，我們曉得。這把年紀，也不外乎冀求能夠記得穩剛才電話約牙醫是九點還是九點半、氣咻咻上落樓梯為啥事、還有⋯⋯還有甚麼呢？

　　不記來時路。

這個十月（2014/10/30）

這個十月，他相識四十載的摯友又來兩年一度過訪歐洲之行，如常在倫敦落腳。上回，揀日子選地方，姿姿整整，錯過會面的機會，不以為意。我勸說，有朋自遠方來，不亦樂乎，大家已經年紀老大，好好珍惜眼前。於是，橫風橫雨的周末，一人行一步，劍橋外作中途站，相見歡。人生難得有知己，尋常誰與坐從容？

這個十月，沒有往年遍地落葉需要日日打掃。年初左鄰右里再次賣地興建居室，將四周樹木一一斬掉，旁邊闢出一條窄窄行車道，直達新蓋的兩座樓房。原來樹林中的野鹿野兔，頓失居所，在我家小小後院東奔西竄，慌張一輪，山雞在欄柵旁徘徊鳴唱數天，呼喚誰呢，之後不知所終。世界之大，該有容身棲息之地？

這個十月，沒有閒下來，日以繼夜提心吊膽緊貼網上新聞，心緒不寧。旺角金鐘凌晨衝擊，因為時差，是我晚間，隔岸觀火，也堅持至城中見曙光才離線。好像如此擔掛，能盡一點心。容或我天真浮淺，認定人人「一生自由言說，兩餐安樂茶飯」，

是簡單美好的民主民生，值得嚮往追求。回到現實，有那一天嗎，待那一天來臨，須經過幾許驚天動地的抗爭？

這個十月，舉世注視下，有一傘城，自信自治，歷史一行一行一頁一頁在寫，年輕一代覺醒，勿忘初衷，我要真普選。守禮律己互助，崇高的公民素養，身體力行，居然不用父母嘮叨。誰會錯覺這是烏托邦呢，風餐露宿，無時無刻警惕怕有橫來的惡手。眾聲喧嘩，陰霾不散。大時代的承擔，竟然落在年輕的肩頭上。傘城不是烏托邦，只是一個需要萬眾一心纔可以實現的理想。蓬生麻中，不扶自直，白沙在涅，與之俱黑。今天不抗爭，留給下一代是一個怎樣孕育的環境呢？

這段難行的路（2014/11/27）

「諾是答應 之是到臨 」。

先前這樣撐：我在遠方打傘／你累的時候／也知道／不孤單。因此，甫下機，第二天我就來了。

港鐵西行，身旁兩老婦人閒聊，不時抬頭留意車站。啊從未坐過地鐵呢，巴士平啲。係囉佔中巴士唔到。輕輕笑兩聲，沒有批判。哈你個手袋同我個一模一樣，我喺工聯會買。對鞋舒唔舒服呀？行路唔怕腳痛喇，幾好樣喎。沿途，人來人往，依舊大包小包，緊握電話，匆匆忙忙。

環球大廈出來，這已經不是當年我認識的中環。失落了，是我們回不去的從前。彳亍在填海的路上，寬闊的，幾條街，禁止車輛，未見佔領，為甚麼要封閉阻礙交通呢？電視機前的觀眾，謾罵之餘要不要出來現場親眼看看事實真相呢？

來到了。入眼是那白色的小小篷帳，貼上「抹身」的紙牌，簡樸務實。踏上天橋，有女子獨自安靜地在路旁改卷。破舊梳化坐著的年輕人，廿二號已經出來了，旁邊搭嘴，我擋完催淚

彈留低。路中間有一標語，白紙黑字，平平實實，「相信自己，做對的事」。

然後我就眼熱了。在橋頂看見，遠遠的營帳，風中飄揚的訴求。這段難行的路，已經踏出第一步，以後，舉步維艱，如何堅持不懈？我轉身在路邊稍歇，背後有人走過，大大聲，姐姐你一個人都支持佔中吖真係好，加油呀。我回頭，老先生是英國歸僑，上星期到港，一定要來一趟，show solidarity吖嘛。大時代，沒有人說易事，但有希望，對這一代年輕人的覺醒有信心。係咪咁話？

白髮蒼蒼溫柔的王女士，堅守樂禮道打頭陣，捍衛下一代的權利。她捧著午餐飯盒，我坐低陪話。對面有二人指指點點，她看一眼，不打緊，係便衣。忽然她起來追前去，小小擾攘。原來近日開始有閒雜人等小偷，不得不警惕。還有兩棟骨骨的午膳時間來物資部自取自用，似乎辜負濫用善心人對留守者的支持。事到如今，一切關乎良心，前路不知有多長，一定支撐下去。烈日當空，我們抱別，她說，謝謝你來。有空再來？

我第二次去的時候，樂禮道營帳全不見了。巴士總站內守望的青年說日前搬進來避雨。王女士回家休息，下午回來。他廿九號辭工留下，我年輕我可以。是這樣嗎，「小時候，我要珍寶珠；大個仔，我要真普選」？拖了這些日子，目標都變了，真

不知道如何終結。我低頭，愧歉，倒是要他安慰，感謝到來表示支持的心意。

在快餐店鄰座，是連儂牆下遇見的三婦人，帶鄉音繼續高聲倒梁彈劾無能政府政客。唔出嚟點得，以前辛辛苦苦捱出呢個世界，你開廠佢耕田我養雞，都叫做有本事享過福。而家後生嗰班乜都冇，住劏房，搵朝唔得晚。點可以咁？

友伴有表示反對，完全無希望嘅點解要支持；有同情老的士司機搵食艱難，崇高的理想，也要照顧卑微的人生。我同意。不過，當暴力與不公義持續踐踏摧毀我們應有的權利和自由，我不能假裝一切安好。現在，有一點火，盼可燎原，請勿踩熄。

聚散匆匆（2014/12/07）

　　每一趟我都選擇晚上離開，越過漫漫長夜，十二小時航程由東至西，蓋因時差，黎明到埗。倘若不再回頭，平白多賺了一次日出，春來江水綠如藍……

　　每一趟離開我都禁不住這樣想，也許就是最後一趟了。再回來亦不得相見。於是。於是咬住舌頭不再拗撬嗌交，多看一眼皺摺的臉容，安靜地，悄悄的，不要驚動，無人察覺。

　　每一趟我都特意提早五六個鐘出門，機場巴士先後走過許多轉我還是不認得眼前的街道，與天黑無關。這是我長大的城。這是我回來經常迷路的城。這是我不再認識的城。這是各走各路的緣故嗎。獨行，弟妹相送。辦妥行李取得登機證，有時我們坐低再喝一口茶或咖啡，有一句沒一句。有時急急催別，記掛明天他們還要上班。離境入閘，我回頭，大家揮一揮手，此生有緣，恩情日以新。

　　禁區內哪有離愁呢，美食廣場，名店購物廊，熙熙攘攘。我去尋找一杯港式奶茶，兩包糖，呷盡，聚散匆匆，莫牽掛。有餘暇書店留連，本地文學佔兩書架，書籍編排雜亂無章，逐一

瀏覽，最低的一格，瞥見浮世巴哈，蹲下來，伸手撫摩書脊，故人何處。正想站起來，旁邊一冊書被透明膠紙裹封著，不得翻閱。滿滿兩書架密密麻麻，唯獨這一本，困住誰來？我小心輕輕拿起，仔細看，橄欖綠色的書冊，流亡年代叢書20，傾向出版社，台灣印行。

怎麼是你呢？

「*學會閉上眼睛繪畫 / 用靈魂聲援 / 每一個筆觸每一點明亮*」。

「*我把日子 / 固定在這張紙上 / 牆角的陰影冰冷矗立*」。

「*請吧，門外敲門的陌生人 / 請你走開 / 我們要繼續我們的睡眠 / 在睡眠中積蓄力量 / 大幕拉開時 / 我們會無所畏懼地面對 / 你們 / 並且不需要喝采*」。

「*曲終人散 / 我和我並肩站在臺上 / 一個淚流滿面 / 一個放聲大笑*」。

怎麼是你呢？隔著薄薄的透明紙你的名字觸動心弦，《劉霞詩選》。我雙手捧著被囚困著的詩冊，沉重啊。教人驚歎哀嘆的詩句，萬水千山，來到了，還是被封禁住，不許自由傳閱。

「*我想去有光的地方*」。

就這樣決定好了，我們一起離開，聚散匆匆不偶然。

他從北京來（2014/12/14）

他從北京坐火車來。

他從廿五年前的廣場趕過來。

依舊堅持，「警察驅趕時，大人應當在前，學生在後」，苦由大人承擔。攝氏十三度，南方小福建，停車場凄風冷。他不合作不錄口供拒套指模，擾攘十二小時，無條件釋放。一齊留守被捕的囚友為他擔心：「以後應該不能來香港喇！」他笑著回應：「這個當然啦，但沒辦法啊」。門外，他抽口煙，感慨「自由的空氣就這麼可貴」。

據聞*，廿五年前他以工人身份在廣場上當糾察，血洗京城協助學生逃離後被捕，受審半年，之後在北京建築及鋼鐵部門工作，這四分一世紀過的是怎樣的生活？可有鑄就鐵石心腸？

三個月來一直在電視上看到「暴徒堵路」，眼見方為真，他從北京坐火車來，親眼目睹傘城井然有序，老中青參與運動打成一片，「人與人能夠直接用心交流，在大陸是不行的」。沒有太多考慮，留下來聲援學生，「活了這麼多年後，第一次作出最正

確的決定。他們創造的就是中國的未來，中國最終都要走向民主」。

他匆匆趕來，尋找渴求，一直失去的，「那就是享受自由的快樂」。將要付出叫人憂慮的沉重的代價嗎？警署出來，他問路往銅鑼灣去，決意留守到最後一刻。

「只有不斷抗爭，纔可贏得尊嚴」。

他知道，傘民都知道，這僅是一個開始。

*見2014年12月13日明報記者鄭穎瑩報導

情怯 (2014/12/24)

　　我離家前，實牙實齒答應我父，隔年回來。我一直沒有食言。省親之外，歡天喜地，呼朋喚友，濟濟一堂。大家深信我揸薯仔冇啖好食，紛紛饗我北京填鴨，有一年試過一星期三餐，那份熱情足夠溫暖隨後清冷的日子。那些日子。

　　女兒獨居倫敦，十分懊惱，中學大學的朋友，幾乎斷絕聯絡。不是不曾努力維繫呀，一封封短信電郵完全不回覆，要知道近況只憑臉書更新。明明約好又臨時甩底。洩氣了，自己逛街看戲上畫廊。都唔明點解你仲咁多朋友。

　　我相識近半世紀的友伴，其實已各散西東。都不寫信」，偶爾電郵問候，歲月靜好。我們那一代有種連繫叫做打風打唔甩，不受時間地域的距離影響，平時冇乜兩句，有緣相約，千里歸來坐埋一齊好似回到舊時日子。如是，每趟訂了機票，心底遙遙的惦記牽念，即悄悄地滲出來。細細設想，有誰有誰，好久不見，近況如何，亟亟抄下聯絡，在日記簿上，帶在身邊。喔，問我？仲用日記簿，智能手機呢？我的手機袋住緊急專用，咸豐年代，據說連姐姐都唔用嗰。而我的電話恐慌焦慮症，說來

話長，點講呢。

然後。到埗了。

近鄉情更怯，不敢問來人。

之不過是我想多了。反覆思量，大家生活緊張勞累，半夜三更纔有喘息機會回覆電郵上臉書溜溜，還要不時車輪轉接待遠來的訪客。我們這班過路的朋友，人人侍奉高堂白髮，年年定時省親，歡喜聚舊。我們的歡喜有沒有打擾大家的日常呢？一把年紀，積來太多顧慮。

打開記事簿，三番四次，左諗右諗，又到時候離去。

女大女世界（2015/02/04）

　　婆婆一聽聞，猛搖頭，哎會計銀行人工高又無咁辛苦，大學生點解去做廚？我們立刻噤聲，不敢告知九個月藍帶餅藝證書班學費昂貴，等同三年大學倍半。她老人家一直虔誠祈禱各人身體健康、學業進步、事業有成、步步高陞。去年我回家，與她說，女兒升級了，替丈夫祈求健康好極，升職稅重咪喇。她笑住唔唔哦哦係囉日日祈禱喺究竟她有冇聽清楚我講呢。

　　大學二年級暑假，是女兒最優游自在的假期，過去十年的夏日團訓歐洲馬不停蹄巡迴演出終於告一段落。她日日對牢電視，我行山行入，淨係見到，Food Network – Ace of Cakes。久唔久有餅食我變圓。假期盡，她臉色凝重，支支吾吾，話，有事，商量。

　　女大女世界。

　　我們只問一問題，認真的？係，從來未試過如此清晰知道自己的喜好終於認定自己的前途，it'd be a privilege to be able to do what I love for a living。好，有條件，畢業後纔轉軌。重大

的決定，出乎意料沒有砰嘭爭拗，緊緊抱一抱。三年級畢業論文忙得不可開交，同學們還加上約見職業輔導四處投石問路。她不動聲色，大家問起打算，不願吐露半句。生女點會唔知女心肝。她說，慧倫去非洲音樂傳道黛絲教書愛麗斯劍橋做研究，我明知故問，想退縮？No！Definitely not！不過，低下頭，人人做大事我去整餅。

她不過是害怕被輕視瞧不起。信不過自己。信不過現實世界。

有人問及這做母親的想法。Honestly？我話完全沒有期望任得佢你信我？讀音樂有啥出路，有人入金融界有人教學有人登上樂壇。女兒當初打算畢業後循 music journalism 發展，我於是發揮專利日哦夜哦，去投稿儲備喇 BBC 喺隔離去搵實習喇，日日吹耳邊風。就像每個母親，我純粹擔心生活無着投靠無門，一直堅持要完成八級鋼琴小提琴，當買燕梳，倘失業可以教琴搵兩餐。嘿，患敏感兒童症，餓死都唔教。年少輕狂。如今肯學多一門手藝多一抉擇。舒一口氣。

她獨自勇闖倫敦，孤燈冷枕。第一年，勤奮，盡忠職守，任勞任怨，換來卻是年輕大廚的貶損，動搖她的自信，辛勤不一定有回報，承諾畢竟是空言。抹掉眼淚，反覆質疑自己，是否行錯了路，能否回頭，要不要回頭，回到那兒去。看著雙手，刀痕血痂，I used to have nice hands。小提琴鎖在櫃裡，寂寞

無人見。

　一個下午，在地庫清洗冰櫃，手機傳來新更期，繼續被欺凌，當堂崩潰蹲下痛哭。酒保阿森經過，沒問，端來咖啡，一切苦澀委屈，大口呷下去。

　翌日發電郵約見大廚，遞信辭職，即時批准。她來電，語調輕鬆明快，實在應該早就下決心。現在只要做好先前接下總廚的挑戰，設計一款甜品應景，大概兩個月完成後可離開。一語未了，夜來，又沮喪狐疑，輕率魯莽嗎，如是，一年虛耗，一無所有，沒有成就即將失業。一再徬徨，失措。

　曾共事的前任大廚轉職五星酒店，風聞，立刻下聘書，升一級。上班兩月，當副手助大廚日以繼夜秘密籌劃出食譜餅藝大全，獲獎賞一同出席參觀里昂兩年一度世界杯餅藝決賽順道給英國隊打氣，眼界大開。接著要準備參加設計復活蛋大賽。女兒明白大廚的心事和寄望，昔日她被總廚看顧扶持，今天她樂意提供機會。

　你看我一直吹噓，女兒終遇貴人，應懂得珍惜了吧？機會，可遇，不可求。

　但是牢騷仍然不斷，大廚偏愛，惹人注目，叫人窒息。天天在生產線上重複。Boring！已萌生去意。年輕，存在焦慮，不

會注視眼前美好的，只去憧憬未來。

　　她的世界讓她繼續闖蕩好了。目前三分二人工交房租，餘下交通伙食，勒緊褲頭，難怪那父親又心思思炆一窩大蒜羊頸買一盒即食麵一箱茄汁焗豆，周末接濟去。

試探（2015/03/16）

他喜問問題，科學腦，職業病，十萬個為甚麼。擋駕不來的時候，唯有話，老人院唔收喇。即噤聲。

有一條提問，初初幾年，久不久翻出來，小心翼翼，試探，細細聲，有沒有後悔？

婚後，我遞信請辭，主管召見，高兩級有職位懸空，優薪厚祿，紅蘿蔔眼前搖晃，勸誘留下。有沒有後悔。之前，已獲批移居加國，親朋戚友歸隊，將可互相照應。有沒有後悔。

他的而且確曾經提出過，不如一同赴加，齊齊開創新世界。我的最終抉擇，無親無故，隻身赴英，廝守半生。聽我父話，得過且過，隨遇而安。冇諗咁多。

近年，那一條提問，不再體恤入微，變成，會照顧我嗎？會照顧我嗎。會照顧我嗎。聽得到戰慄。一如我父，時懷恐懼，老來丟佢去老人院。原來唔講得笑。

電視播映《Amour》，老夫老妻，鶼鰈情深，妻子第一次輕微

中風，醫院出來，哀求答允，日後不要住院。再度中風手術失誤，半身不遂，丈夫兌現諾言，不離不棄，負起護理，日常起居。餵食沖涼如廁。失禁尿床。殘酷的現實折磨，生命的無奈考驗，細節太真實太容易對號入座了，恐是自己未來的寫照？正中要害，他看不下去，半途離場。

　　這星期他舊患復發，閃了腰，硬是不肯請假休息，終於黑星期五惡化，舉步維艱，坐立不安，背肌痙攣躺也不是。熱貼wheat bag後谿穴三焦經按摩棒。胃口全失，連最愛的牛尾意粉也婉拒。今次嚟真嘅，實實在在的，試探。申請一星期病假，趁機對上司說，絕對唔係大男人啦雖然老婆同我著鞋著襪。

門（2015/05/23）

門裡門外，兩個世界。

許多時候，外頭風大雨大。

有鑰匙，不會被摒門外，室內暖暖。

或者，按鈴。敲門。期待。

我家沒有門鈴。左邊磚牆高高釘掛一個鐘鈴，地攤買回來，MS Bremen 1911，坊間複製，未曾見證戰火可有遇過風浪？一條黃銅鏈，不是相熟朋友不會扯兩下，噹噹。砰砰砰敲打木門的都是陌生人。

在職的日子，徬徨如何進取。曾經有語重心長的規勸，門，就在那裡，敲、不敲？敲呢，有機會門打開讓你進入，大不了也只是吃閉門羹，弇低頭轉身去。不敲，慢慢等，嘿。歲月蹉跎。

女兒小小時候，房間發現一隻螞蟻，慌慌張張走出來關上門，尖叫爸爸快來救命。

今天她也在門外，徘徊，未知前途路向。也是她自己關上的一道門，內面權貴攀附，互相吹捧，不是她願意久留之地，急急逃出來。這趟，不需要呼救，家中大門打開，讓她回來休養生息，再作打算。

夏日涼拌（2015/06/28）

　　每到夏天，熱浪衝來的時候，我會記起馬利亞仔。如果有那一年完全沒有想起，必定是一眨眼讓夏天溜走了。

　　馬利亞仔，並非她嬌小玲瓏，年紀最輕，纔得此外號。整個部門五位秘書，我的助手菲安娜其實最嬌小。首席秘書長呢，人壯聲大，只許她表示友善，眾人在她跟前戰兢唯唯諾諾，早晨馬利亞，是，馬利亞，無人敢亂加大細稱呼。

　　她初出茅廬，未悉人事複雜，卻聰明伶俐知曉避忌，不入朋黨，勤奮好學。而我，被調派入本來全男班組長的部門，背後忽然，常時中箭，蜚短流長。七十年代，男女同工同酬？唔講得笑，辛酸血汗淚。機緣巧合，我倆遇合投契，約同午餐談天說地有夢遠行，洩氣的日子拍背撫慰互相扶持。

　　其後，馬利亞仔羽翼漸豐，轉職法資五星酒店行政秘書，不時傳授法國總廚簡易食譜。她這方面也有天分，我對廚藝哪有興趣呢，唯有一道沙律，傍身至今。我們做女嗰陣，十指不沾陽春水，唔識水滾，完全可以上阿媽數。你聽，2014 Masterchef 阿萍得獎感言，自小母親唔准入廚房，離家入大學纔開始簡單

煮食罐頭豆即食麵。贏得殊榮報喜，母親回話，家中廚房仍舊是禁地。阿萍眼角有淚影。

那一道沙律，蘋果連皮切粒，略浸淡鹽水免果銹，加粟米粒，拌奇妙醬，是我夏日至愛。大鄉里出城，不曉得，人家說沙律，是生蔥嫩菜葉，拌醋橄欖油。一菜走天涯，沾沾自喜，以為分甘同味，豈料此地不賣奇妙醬，只有mayonnaise將就將就。到今時今日，徇眾要求，已酌加菠蘿片、炻蛋，無復當初清淡。

每趟熱浪逼近，夏日涼拌，我借意，想起舊日，憶念，故人何處。嘿，那一個加班的晚上，老闆將積壓幾星期的文件檔案重重擲落馬利亞仔桌面，堆到眼眉，粗聲拋低一句，十萬火急。走前來，問我，蜜斯，有冇墨水？我不假思索，倒吊都冇滴。他錯愕，倒退兩步，整個辦公房十幾廿人即時靜下來。可以聽見針跌落地。他急急辯白，不不不，沒有這個意思，舉起手上簽名大班筆。我遠遠瞥見馬利亞仔寬容了朝我眨眨眼，泛起微笑，一天怨氣消。

拾起碎片（2015/07/30）

　　回頭想想，那青少年期，她執意與母親疏離，嗌霎爭拗砰門，兩不相讓，家無寧日。父親夾在中間，放工回來，迎來黑口黑面，好心情就做和事老，受了氣那天？Please give me a break！晚餐本該和和氣氛共敘天倫，往往，三扒兩撥，各有各，背轉身。傷害只因親近。

　　年輕，亟亟找尋自我，怎麼日子會浮躁迷茫總不稱意。世上還有完美嗎？友情感情脆弱碎片四散。

　　只有離家之後，遠別，情深，漸漸懂得珍惜。母親也體諒，開始執筆寄信，一段一段，拾起碎片，拼回一片親情。她用隻餅乾盒如珠如寶珍藏。母親埋怨，十幾封信一隻字都唔回。可是慢慢有講有笑互相忍讓。

　　只有母親摸透，女兒的心事。睇通眉頭眼額，適時送出溫言暖語，柔柔撫平皺摺，淺痕暗暗。偶爾疾言厲色，一語中的，百詞莫辯，她會得吞一口氣，不再爭執。

　　好幾回，她詫異，不置信，怎麼可能？從小到大，守口如

瓶，心事藏心裡，對誰也不吐露。如何猜得到？Oh, I am your mother。果真如是？想起來，大概是她稚拙自私粗心大意，忘記母親也曾年輕過。或許也曾心碎過。她從不過問。

如何修補破碎的心。如何原宥辜負的友情。背叛，勿以為是小說電影情節。怎去相信，時間可療傷。時光只解催人老，不信多情。她靜靜舔傷，對人對事信心盡失，母親沒有多問，只要她面對眼前，忘卻背後。站立起來繼續向前一小步一小步就好。

終於明白，世上親情永遠可靠。與母親天天短訊，有磨擦可以氣消了才回話。見面抱緊，母親頻頻笑語，嗨小心小心，老人骨質疏鬆，易弄斷骨折。幾乎鬆手溜失了的親情，她纏捨不得放開。

世事物情，支離破碎，滿目瘡痍，人間走過，彎彎曲曲。只要謙卑，總有一些碎片，可以拾起來，細心拼貼，留不住完美，留下恩慈。

留下只有希望（2015/06/06）

惦念外面的風景。

努力拭擦，有人建議，用濕報紙，光潔明亮。那面窗。朝東。

連夜，風嘯雨打。內心怯懦。樹大阻擋不了脆弱枝葉斷折。

未見旭日。亮澤那面窗，靜候。烏雲鑲著銀邊。

花鞋花腳帶 （2015/09/15）

有人問起，客居的寂寥。一時間，無言以對。

我是城市來的，農事花事，不是所長非所喜好。滿園玫瑰不數年全栽在我手裡，再無紅苞逐月開晴明遠蝶來。村中每年九月的 Flower and Produce Show，只有旁觀艷羨人家後園的豐收成果，熱烈鼓掌祝賀莎莉第三年捧冠軍玫瑰盾。他們津津樂道除蟲施肥加添養分，我一概不懂一句也不能插話，默站一旁陪笑。漸漸，只在《村聲》閱覽圖文報導，想像瓜果肥美。

鍾妮和莉斯還是有心的，獨自在家納悶不好。在市場遇見，頻頻邀約，沙灘野餐森林漫步。無奈，他十二分害怕毛蟲我千般痛恨沙粒。那些戶外活動借故又推掉。鍾妮雙手一攤，What am I going to do with you！她轉身揮別又與來人笑談甚歡。

東岸石灘我是喜愛的，搭一個蓬帳遮陰擋風，不用應酬客套，打開一冊書，獨自對牢北海，茫茫無際，海到無邊天是岸。有時候，眼前一片澄明，萬里無雲，了無牽念。有時候，回首天涯歸夢，故人何處。我鍾意石頭，海潮打磨得圓滑，細心挑選，

握在手中實在。

嵯峨的異地生涯也被歲月磨平了嗎？也無風雨也無晴？

九月，行色匆匆，走一趟溫哥華，參觀婚禮，兄弟姊妹團圓，摯友敘舊。

日子充沛豐衍，原來是這樣子。十三年未見，並肩穿過鬧市，閒話家常。妳說，這雙舊鞋子許多年了，走遠路十分舒適，今天已找不到替代。問我，平底鞋怕不怕支撐不夠，對腳患不好？妳說，腰酸背痛背囊合用，這個質料不容易被刀剉破，可以安心攜帶。問我，最喜愛這店，進去逛逛好嗎？妳說，來看看海濱，平日公餘閒憩的地方風景怡人。問我，午餐去美食廣場，試試這款鍾愛的芫茜魚湯鵪鶉蛋魚腐米線？妳說，if only we had more time⋯⋯

都記起來了。姐妹淘的碎碎唸，急急分享心頭好。舊時日子。鬱鬱藏心底，客居的寂寥，原來就是這樣子。原來就是，無從，隨時隨地，輕輕喚，相見歡。花鞋花腳帶，姊姊妹妹去行街。

還寢夢佳期（2015/12/16）

牆上的老爺鐘，每半小時噹。噹噹，兩點。眼光光，睡不著。輾轉反側，非常懊惱。明天哪有精神上班衝刺。

那是許多年前了，尋常失眠，沒奈何。街上偶然急促的腳步聲打破靜寂，不曉得，是歸人，是離人，獨獨獨。也是這些夜半，傳來唭嘆，有一句，沒一句，我父我母悄悄私語，怕有日，被離棄老人院。更深人靜，愈發軟弱，焦慮，如雷響。噹，噹噹噹。

現在，牆上沒有鐘。

現在，躺下來，眼睜睜，不再輾轉反側。如果月圓，窗簾透進光，秋思落誰家。倘若月缺，暗黑長夜，偶有夜貓走過，前院警戒燈亮起，三分鐘後熄滅。一趟。兩趟。幾多趟。

我不會起來上廚房喝一杯熱牛奶。我不會悄悄摸出客廳扭開電視，挨著梳化蓋上我的拉納斯安心被子。我不會點亮一盞燈，翻兩頁書。我不會像嘉芙那樣洗抹玻璃窗，之後擦地板。

無眠夜，漸漸會得安撫寂寥。靜靜地，黑暗中，只剩下我，和我的往日往時，勿窺探。不要驚動，讓我，默默想，某年某日，有誰。

　　是誰呢。我父接過電話，遞給我。來道別，無語凝咽，匆匆放下。那一段少女心事，有沒有牽繫十年呢，不敢聲張，連姊妹淘也不吐露。恍恍惚惚，似有還無，不肯斷然決絕，未曾認真承諾。原來只是仰望。仰望原來只是一個姿勢。抬頭望，光芒耀目，蒙蔽了心眼，從沒有，面對面，相看兩不厭的實在喜樂。那些年，偷偷，冀盼渴望，等我啊，等我踏足太平洋彼岸，共創新天地。偷偷，妄想癡念有天，兒孫繞膝閒話，嬤嬤深愛其人五十年了，由得他們莫名其妙你眼望我眼在說誰呢。魂牽夢縈，一廂情願。以為無人知曉。原來慈悲最叫人傷心。放下電話放下一段鬱結。我父坐在飯桌旁，我都不曾打話，全無蛛絲馬跡，怎估得中心事。我父。我父竟然輕輕勸誨，重洋遠隔，已有家室，再見昨天。

　　現在，夜半醒來，有時候惘然不知人在何處今日何日。惶惶然，慢慢梳理心緒，枕邊有良伴，暖暖安樂窩，纔醒起天涯道路走遠了。哦星期六，村民有約賀秋收。天未亮，又試思前想後。

惦掛不是年輕的事情嗎？無眠暗黑時分放恣挑起往日情懷，憶記，曾經有那一個人，佔據青蔥歲月，少女情懷，老年心事，絕非想望，再無冀盼。落葉秋風早。即使月滿，往往，不堪盈手贈。

（原載《字花》第58期）

筆記日常（2016/01/20）

　　聖誕，女兒送我珍貴禮物，三本小小的灰色Moleskine，封面有她獨家繪圖。

　　先說繪圖。在中學時期已經開始，一張A4紙對摺兩次，畫她的小人兒，過年過節，慶賀紀念，親朋戚友收到，皆大歡喜。卡片背面，正正經經，A Stickman Company Production，煞有介事。十年下來，我將草稿分門別類儲存，就等甚麼時候她的起心肝辦網購。

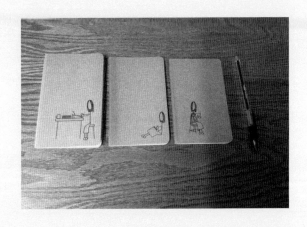

回來說我的筆記。寫字已經年，最初，用五百字原稿紙，薄薄，灰色格子，起草，之後謄鈔企理交稿，最憎污哩馬义。往往，一篇稿成，旁邊一堆搓縐紙團，好似漫畫見到一樣。

停寫十年，再執筆，已經是小蒙恬了。但心頭有話要說，記性愈來愈差，還是要筆記。隨手拿起，是藥廠推銷員送贈的日記簿便利貼。近年，學瑪茜亞榜樣，更加環保。

瑪茜亞宴請傳統Sunday lunch，我們餐後索取約克郡布丁食譜，她在廚房桌面拿來早餐麥片紙盒剪開，反過來，一邊寫一邊解說詳細。這些年下來，我們仍未曾依法炮製，可是，我就學會將月結單廢郵的信封留下，隨手記低，片言隻語，瑣瑣碎碎，放入一個盛載六瓶紅酒的硬紙箱，收入咖啡桌底，隨時順手拉出來。

女兒甚麼時候開始看不過眼的呢？她的畫家表哥寵她，早早送贈Moleskine，從此，她眼裡別無其他。平常書店遇上，摩弄一下，左諗右諗，仍待大減價纔獎賞自己。案頭那疊筆記本，整整齊齊，有條不紊，一本藍帶餅藝，一本大廚心得，一本自己食譜創作……

我從來沒有這般有紋有路。讀書時候，用過手掌般大小的活頁簿，一邊看書一邊尋章摘句鈔下來，活學活用。曾經有幾本

紅黑硬皮簿，沒用來筆記，是我的寶貝剪貼 ，剪存鍾愛的學生周報文章。

　　這三部珍本，點算好 ？個女話，放手袋度，唔使喺火車站等車，用便利貼寫咁論盡啦。

拾起往事（2016/01/29）

踢著，拾起，原來是一小疊手掌大密密麻麻寫滿字的便利貼，怕不是翻尋散亂的筆記那時候跌出來。

仔細讀一遍。小字潦草，有日期，20/8/2013，依稀記得當日，但還是翻出日記查證無誤。

是了。那一天，Le Cordon Bleu 舉行茶會，同學負責全場餅藝擺設、英式下午茶餅食茶水招呼，導師現場監察，各人表現計算入畢業試分數。每個學生可以邀請一位親友，人多可以另買入席券。臨時臨急那父親請假不遂，我乘早班火車南下赴會。

火車在中途站稍稍停留，車長的廣播聲量低沉夾有雜音，我沒加理會。到總站原來誤了點，短訊急急來追問，媽媽您在哪裡我忙到暈頭轉向呀您不是答應火車到埗話我知嗎。啊這女兒終於會得牽腸掛肚了。啊，這女兒，終於，會得，牽腸掛肚。我抬頭看大堂的電子鐘，離開約會尚有兩個半小時，可以到學校鄰近的大英博物館逛逛。

轉地鐵，跟隨女兒手繪地圖先找到學校。原來前面有小公園。

陽光微風。這時候我忽然想坐下來。如果可以靜靜地讀兩頁書就好了。玲玲的我不燦爛在手中，可是眼底飛蚊浮影在日光下異常活躍，教人心煩氣躁。不如坐著，看人來人往。有人確實知道目的地穩穩當當前行，有人手持地圖遲疑四圍張望，有人走了過去又回來，有男子得意忘形捧著電話，手舞足蹈，來回轉圈踏步，並不察覺有觀眾。我拿出便利貼寫字。

密麻麻的字條沒有記下當天茶會熱鬧場面，親友盛裝打扮，同學恭敬侍候。沒有提及餅藝非凡美點生輝，大家目瞪口呆，嘩咁靚點捨得食，隨侍在側的青春笑臉立即回應，請慢用陸續有來。於是大家享用讚賞之餘不停拍照留念。

關於茶會，日後女兒話，早上佈置場地，一座座sugar sculpture，一盤盤餅飾，九個月前點諗到會有這成就。好日子，怎麼這樣子飛快過去呢。這真是一生人最快樂的日子，I really really don't want it to be over！

事情是這樣的。你已經留意到了。我在公園寫字的時候，茶會仍然在籌備中，密麻麻的字條當然沒有記下熱鬧場面。牽腸掛肚這回事，怎麼說呢。陽光下，我留神，呀，這就是她每早給我電話的地方。背後，就是院校所在，附近一列列有氣派的樓房，樹影婆娑的街道，原來是這個樣子。我坐在綠色鐵凳，面對學校大門。早上七時，電話鈴響，沒塞車，又早到了，我

就知道，她也是坐在同一位置與我閒聊。我安心了，我切切實實地來過了。豈似當年離家二百哩，往往我們就寢時間接到短訊，去威啦！那個父親次次都輾轉反側，幾乎要起來翻出街道圖，思疑猛獸在哪街角伏擊，翌日急急追問，咪五點鐘已經返到屋企囉，甚不耐煩，發小姐脾氣，幾日唔瞅唔睬，去短訊唔應。

拾起往事，囉囉唆唆，牽腸掛肚這回事，真是，怎麼說呢。唔經唔覺，女兒竟然會得擔掛了。

鎖門（2016/02/18）

門鎖上有小貼紙，溫馨提示。女兒聖誕回來過節，見到，問為何。呵呵還不是那個父親大頭蝦，有兩趟我回港，他晨早出門上班，未閂鎖便匆忙開車去了。天黑返嚟點解一推就開嘅。一次又一次。上回我穩陣預備黃色小貼，在視線範圍，靜靜雞囑咐，鎖門。萬無一失。應該係。

當年我初到貴境，住倫敦外圍，我這城市來的人，以為是郊外，家家戶戶有小後花園。打開大門，那門鎖輕飄飄隨時甩落，嚇得我。入屋不是先按密碼推門哈囉看更伯伯上樓打開鐵閘再開大門門好落防盜鏈的嗎。後來與左鄰費達祖母相熟，她說來下午茶聚，敲門推入來就是了，我們仍舊夜不閉戶呢。

許多年後北遷，這回，真箇入鄉。每次出城買餸回來，一望無際農田，遠遠見到教堂鐘樓，便知人煙近。那道家門，搬入來，只有一把鎖，屋外有把柄一轉即開，毋須鎖匙。柏加先生解釋，妻子行動不便，萬一有緊急意外需要救援，不用破門。我們習慣門關上要鎖匙開啓，這樣子，不是教人放心不下嗎。鎖匠也同意，於是替我們再加一把，有機關掣，啪落嚟，出去

倒垃圾不用帶鎖匙，照舊推門可以。

　　總有失魂時候。唔記得啪掣，嘭，推完回收桶，食閉門羹。急急借電話呼救，他午膳時間卅哩外趕回來。夏文太太同一遭遇，夏文先生出差去了，她考慮破窗還是破門，三思之後，破門而入，反正猶豫換門好一陣子了。如今好咯，我們交換後備鎖匙，有個照應。下次我回港，仲要記得留字條提醒。

花事了（2016/02/25）

　　就是這個紅洋葱生事，惹來一番惆悵。

　　以前紅洋葱矜貴，餐廳一道沙律切幾條幼絲，唔夠一箸。日常煮牛尾或免治蕃茄用黃洋葱，兩大個切碎粒拍扁蒜頭再加幾條西芹切短度。但近年竟然平民化大造了，相比起來價錢差不多，也就轉向，眼尾也不瞧那黃皮的。就是這個紅洋葱，拾起來，標了小嫩芽，不好吃，本想隨手丟棄，一轉念，用乳酪杯盛水放窗前。兩三日，仲唔係趁高興紛紛標生，長高三四吋，眼前添新綠。心暗暗盼，會開花嗎會不會開花呢。

　　偶然懷念滿室綠意。初來，啊講起原來又廿幾年前，小小窄窄的起居室，L形，短橫這邊是客廳長直那裡放飯桌。窗台書架樓梯邊，擺放十多盆綠油油植物，文竹武竹海棠還有甚麼我叫不出名堂來。全憑獨居的他照顧。地下的攀上天花傲視，高架上垂墜下來飛揚，綠葉幽茂，自由散漫，無拘無束，恰似主人。終訂契約，自今以後，同甘共苦，無論貧富疾病，至死不渝。認真，互相交託了。讓我接手打理，一起商量規劃方圓，多少妥協忍讓。不數年，花葉漸次凋零。都話我冇綠拇指㗎啦。

他居然沒哼半句。

其後隨我們遷移只剩下一盆海棠，卅年前同事的贈與。老拍檔早年病逝，睹物思人，更珍之重之如珠如寶，每隔兩年剪新枝栽培繁殖，一定要情延續，挽留住絕不離棄。去年給女兒截枝種了一株，即使小心翼翼仍然荏弱她甚為洩氣，那父親捧回來看顧，不旋踵繁茂搖曳生姿，半個人高了。

鄉居寬敞，親友不斷熱心建議，後園種菜呀自給自足，又有得過日辰。先試蕃茄吧最容易。人家做完沙律比薩意粉冰藏茄醬過冬還有一箱二箱派街坊，我那幾棵未曾結果就葉黃憔悴枯死了。

唯一值得炫耀的，當年辦公室擺放一小盆情人的眼淚（lover's tears），生日送來，有心人，關心事。玉綠珠，任性非常，哪管眾人注目，一串串永遠纏。有人經過，但見綺麗奔放，艷羨之餘，個個都話要，於是開枝散葉，人人案頭情意澎湃。由得我獨鍾愛眼前唯一，親自澆水，朝向陽光。這樣珍惜這樣捨不得，斷斷，不可追隨。來英之後，安頓下來，想起了，一直找一直找。一直找遍大小園藝中心街頭花檔，一直找，不著。唯有歌聲縈繞，為甚麼要對你掉眼淚。你不要忘了我情深，深如海。

瓶子盛載一個童年（2016/03/01）

真是，盛載了一個怎樣的童年呢。小小的迷你果醬有蓋玻璃瓶子，二十八克裝，招牌紙已經洗掉，無從知道是士多啤梨還是覆盆子抑或是橙皮醬，咁多年來一直躲在我書桌的抽屜內。小小瓶子裡，散落如珠如貝，是女兒顆顆乳齒。

學校招生制度以出生月份作準，每年度八月至翌年七月。歷年來女兒都是班上最年輕的，縱使這個母親如何戰戰兢兢如何不懂此地規矩，總可以從她放學回來吱吱喳喳的詳盡報告學懂了及時應對。例如一出校門已經急不及待十分興奮訴說昨晚牙仙又留下一鎊給愛关麗啦她還買了麥桿莎同大家分享。嗄。我的童年只有八仙，張果老何仙姑鐵拐李呂洞賓藍采和漢鍾離曹國舅韓湘子。哪裡走個牙仙來大破慳囊，慌忙四出打聽。等到她掉第一隻乳齒，我會得半夜在枕頭底輕輕放低一鎊換走隻爛牙了。

從來不相信商場紅袍白鬚的聖誕老人，寧願不要禮物不肯排隊去訴求心願，她可沒有懷疑那闊綽的仙子，只是奇怪收收埋埋啲爛牙嚟做乜呀。其實我也不曉得，一直諗住廿一歲還番晒畀佢點知又有咗件事留到而家。

枕頭底執到寶，她逐鎊逐鎊儲存起來，沒去買零食。又唔似綺蓮娜咁去買廉價胭脂水粉唇膏眼影七彩指甲油。此地女孩子大都早熟，九歲十歲開始穿耳濃妝出街，花枝招展扮小大人。我呢古板蠻塞諸多管制唔畀化妝冇得sleepover，女兒有不一樣的成長。

我到底有沒有做錯了？

女兒土生，中小學都是校內唯一華人。即使操標準女皇英語，臉孔是不一樣。小學時候大家寵中國娃娃，照顧有加，相安無事。初中兩度被霸凌，情緒低落不敢聲張，幾番旁敲側擊才肯和盤托出，一殼眼淚，我抖喍大氣起身扶住企穩然後去一一擺平。如今與她提起，是嗎，茫然無印象，我可放心了。

獨生，唯有從小培養她學習自處自娛。有自己書架一套套聖誕禮物排得整齊。有卡式錄音機兒歌錄音帶。放學回來兒童節目兩小時，Art Attack Blue Peter Moomins Power Rangers The Simpsons比卡超自己看，Buffy僵屍驚嚇場面要陪伴在旁。小學三四年級人人一窩蜂穿耳炫耀，她在旁看著，嚅嚅試探都是同樣答案，卒之等到十八歲生日愛美麗慷慨償她心願。六年級蓮娜羅拉艾瑪聖誕禮物求索得到睡房私人電視，那趟她省得提也勿提。

十歲前參與群體活動，網球游泳溜冰放學後歡樂時光一定不准過夜人哋留低唔關你事。十歲後完全投入樂團生活，周末練習假日團訓音樂會巡迴表演。村中同學同伴開派對逛街購物她在指揮叱喝下夾準樂音。人家派報紙放狗賺取零用，她在禮堂教堂幫手搬枱搬凳撐開樂譜架預備演出。十二歲那年音樂總監要求家長會面，遞過來倫敦RAM Junior Academy申請表格他一再表示十分有把握非常樂意保薦。星期六全日班，晨早六點火車應該不會遲到。這一趟，我們慎重與女兒坐下來仔細商量。千載難逢求之不得，要不要抓緊，黃金機會深造。每星期六四點起床晚上十點回家，頻撲辛苦值不值得。捨不捨得告別眼前合拍友愛的團友。她一一搖頭。

最後一顆乳齒掉落，瓶蓋擰緊。分岔前路，就此聽由她自己決定。

月來花弄影 (2016/04/13)

　　女兒自立，竟已七年。像拉納斯，現在站立在自己的一、二兩隻腳上了。她是有得選擇的。大學，選擇離家二百哩。畢業後，選擇留在城裡工作。獨自面對風雨，不要庇蔭。

　　由得佢，海闊天空。這些年，我有沒有，如大家所料，患有空巢症呢。

　　時間都歸還給我。不不不，搞錯。斷斷不是，歸還。失而復得是歸還。我的青春小鳥，已經，一去不回頭。

　　然而身份沒變，仍然是人妻、人母，依舊全職主婦。不過有餘暇，少瑣務，自由身。要接駁，上回，我的前半生。嗎。

　　就剪接，前半生。凝鏡，查寧十字路八十四號。文學書籍電影，書信往還，情與義值千金。那是女兒出生前最後一次，倫敦國際電影節。之後，一切打住，完全脫節。有沒有惋惜呢？遠離職場政治是非，毋須恐慌背後中箭。世界小小小，心胸窄視野短，淨係掌管柴米油鹽燈油火爉摺衫疊被。十幾廿年。

睇睇下回分解。

初初，人人都問，最近有乜搞作呀，唔使湊女仲唔係好得閒。女子的身份定案。

咦，唔使咁早起身整早餐囉喎。哈，又暈多咗米。乜五點鐘啅校巴剛剛經過⋯⋯

有提議有考慮，公開大學的表格拿到手，要不要一償宿願？倫敦國際電影節仍舊每年十月下旬舉辦，要不要恢復影癡行徑一日奔波三場大會堂藝術中心海運？

靜下來。挑撥起潛藏的熱切，參加村鄰主持的創意寫作工作室，大家商量定當空閒的晚上，導師主持家中廚房長餐桌上研討交流。數月下來，依時依候出席，做足功課，交了兩篇小說。其中一篇入選城中電台朗讀環節，其後還宣布全郡十二位作者入選文章醞釀結集出書。雷聲大雨點小。為甚麼不了了之沒有交代，出過一封電郵石沉大海也就算了。我的處女英文小說亦隨老爺電腦壽終正寢檔案全部報銷。

好記得阿蔡寫，我蹉跎歲月，歲月蹉跎我。關唔關事空巢後遺症呢。久不久，自怨自艾，一事無成。舊同學聚會，粒聲唔出，自慚形穢。偶爾向盧老師呻兩句，不止一次忠告，成就？女兒長大成人即是成就。

舊時通勝有稱骨歌，依據年月日時計算出骨的輕重，一生榮富。「細推此格秀而清，必定才高學業成，甲第之中應有分，揚鞭走馬顯威榮」。點會信命數呢一啲都唔準嘅。點解仲記得隻歌係咪嗰老人症狀開始嚴重唔知早餐食乜遠年嘅嘢如在眼前。

歲月催人老。應該無求，倘有，還我心安。

雲破。今夜清冷，風大，園中水仙搖曳，尚有霜降。

克盡職守這回事（2016/04/26）

四月清晨，推窗見雪輕飄。電台報導意外頻生，叮嚀大家路上小心。

女兒周末發燒發冷，星期一照常上班，午後被主管命令回家休息。今天晨早，頻繁短訊，辯駁要不要返工。她自己的話，除非病到五顏六色爬不起來，否則告假有偷懶的罪疚。剛剛手腳冒汗身體冰冷，羊毛內衣樽領冷衫仍然顫抖。短訊來回十幾廿個回合，我已經冇咁好氣，唔聽我講你自己諗掂佢。

她的責任感，應該喺血裡面，it's all in the genes。那個父親幾十年來告病假的次數十隻手指數得到。那周六，要額外值勤半日，他下午回來，咕咕聲一肚氣。工作繁重，少有怨言。假期接急電取消約會替更，風雪天為免遲到提早三個鐘頭出門，連上司都話超越職責範圍，下次唔使。他存心不要失責於同事與病人，番書仔，我亂掉書包讚話非所以要譽於鄉黨朋友也，他一頭霧水莫名其妙。

且借雙耳聽牢騷。星期六，應該有兩助理當值，甫入門，安

妮要打賭，有人會來電請病假。五分鐘後，果然，詐肚痛。半夜臉書私語哈哈哈TGIF今晚飲大咗。Thank God It's Friday。給安妮估中，算不算出賣朋友呢？狡賴曠工，要組員做到一隻屍，愈諗愈激氣。

近年同事間有流行病：Stress，醫生唔知點睇，一律簽一兩星期病假。工作壓力、情緒緊張、抑鬱困擾。當然有人需要放鬆休養，恢復元氣，再拚江湖。但亦有人被識破其實係個仔考入學試，陪太子讀書；有人被撞見瘋狂大減價，滿載而歸；有人陽光與海灘訂妥，入紙放假受阻撓，出此下策。人心如此，哪裡出錯呢？又歸咎係社會嘅錯？總公司改革重組，裁員減開支，士氣低沉。唔做又三十六。漸漸成傳染病，擴散，全區都有病例，誰是誰不是，大家心知肚明。剩得安妮，連日咳到得番半條人命，勸佢休息，仍支撐上班。一樣米養百樣人。

女兒青出於藍，日日閒閒地早一個半個鐘報到，公司削減資源人手不足，做好準備組員缺席柯打爆點唔使踢晒腳，與人方便自己方便。出幾個月糧之後纔發覺點解冇超時補水，人事部翻出合同小字，加班費要預先洽妥。於是每月幾十個鐘加時全無補償，是否從此按章工作算了？呻一輪氣吐幾口苦水，這個組長依舊分內事做好夠鐘讓組員收工，環視新人組倒瀉籮蟹，又留低幫忙，大家夾手夾腳可以齊齊早啲落班。

四月，園中鬱金香剛剛盛放，誰料仍有輕雪落雹。天氣預報情況會持續多日，今早提前出門的他來電報平安，風雪路上交通緩慢，到埗了沒有遲到。女兒也終於決定請假，喝一杯熱水吃早餐，然後上床休息看書去。輪到我盤算，開洗衣機怕不怕停電呢，霎下了一回如今天黑黑風大大樹搖葉落。

夢裡百花正盛開（2016/07/09）

其實，夢境完全不是那一回事。一朵花也沒有。只有，同樣地，夢醒再沒有存在。

我一直鍾愛美麗的纏綿的心疼的文字，迷倒，歌詞詩詞是一生最愛。一字一句不小心撞進我的腦海裡，必然急不及待記下來，珍重收藏，然後，甚麼適當時候，用得著，啊，你都讀到了？

昨晚臨睡前，寫低這句：

外面的風還在吹嗎

這可不是哪裡聽來的，卻是連日新聞有感，隨手拿起廢郵信封，記下，放入筆記盒子，日後為文。

睡夢中，這句子竟然盤據，漸漸，簌簌、颯颯、呼呼颼颼。窗寒靄靄風。之後，明明記得，書成一首散文詩，滿心歡喜。這樣的時刻，不常有。我不是說夢裡詩就。我是說，滿心歡喜。不常有，寫出叫自己滿意的感動的。三星期前，有一篇，鬱結

經年，許多次，提起筆又放下，終於完成，淚流滿面。未上載。無盡歲月風裡吹，答應你，十月這裡來讀。

睡夢中，詩成。記得，頻頻叫自己，起來，起來，否則，來不及了。迷迷糊糊，為甚麼不起來呢。

是的，這幾年，有甚麼靈感念頭，不立刻寫低，一瞬即逝。喊都喊唔番。

天亮醒來，記得有夢。記得滿心歡喜。那首詩呢？

此刻徘徊腦際，毫不相干，零零碎碎，一兩句歌詞。夢裡百花正盛開，夢醒再沒有存在。邊隻歌來？諗嚟諗去，茫無頭緒。我的那首詩，願你暗中送它回來。

她（2016/07/27）

　　這個她，是不是妳。那些年，飛揚的心事，風中訴說，婉婉約約。據說，山不忘記。

　　她這樣說，是我年輕，是我漫不經心，那個伴，就在一個彎角，失散了。

　　她這樣說，是我年輕，是我毫不在意，就此走下去，會出現的會來到眼前。

　　她就是這樣走下去。獨自。走下去。走到山中去，哀哀少女心事。

啊那是我年輕的天空呢（2016/08/14）

都是小兜，在臉書翻開剪貼冊，追問首頁貼圖的緣由。

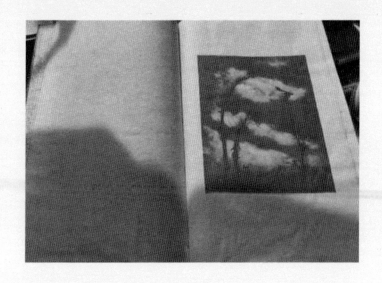

仰視浮雲白。

啊那是我年輕的天空呢。

歲月悠悠，漸行漸遠。中國學生周報剪貼冊傳承給親愛的守
護者，只要我們願意，留下來美好的，文字，就伴我們一輩子。

此際挑起憶念，絲絲悵惘，且貼一首少作。

臨別，仰視　浮雲白

話語的空隙溜出

一朵雲，不知所措的

怯怯

　　　　你不要走好不好。

九月，九月的天空焉能蒼白如此

都不見，一絲湛藍。

向日葵的季節　那一季？

眼前花花葉葉向東

東方有多遠？每個明天有太陽升起的東方

雲，冉冉的

曳去

　　久久無語。

仰視浮雲　想的

畢竟與雲的蒼白無關

（原載《年輕人世界》一九七五年九月二十九日）

苔深不能掃 （2016/06/24）

　　大概今生再也不會重會。你的落腳處，我輾轉聽聞，有沒有認真放心上呢。曾經，越過山，越過水，路過那城，記起來了，禁不住，悄悄四圍張望，眾裡尋。無緣對面，不相逢。

　　見得到，又怎麼樣？

　　多年前，在人家的臉書上忽爾打個照面，幾乎碰翻了茶，驚魂未定，急急離線。再見已中年，可還有夢，張着小小的圓翼，那樣的場景，懷想和希冀，是別人的詩句，彩色的圓夢，不在現世裡。

　　可是，你頻頻來入夢啊。是你的記掛，還是我的惦念呢？久不久，夢裡，有人提起你的日常（那真是你的日常嗎別來無恙），在旁我依舊裝作若無其事與我何干。夢裡，我們又在共事，並肩作戰（我們勝了那場漂亮的勾心鬥角的仗結果將無賴的敵對流徙遠放）。夢裡，不見舊時人面，你那匆匆離去的身影，有時候在街角，有時候在窄窄的長廊（思念總有盡頭）。

我實在不相信你有這樣的記掛，萬水千山，來入夢。

我的惦念呢？花若憐，落在誰的指尖。

我的惦念，躲起來，壓在歲月下，一片痂，無意中翻出來，只剩下淡淡的淡淡的印痕，記住曾經有那趟心動。

I am sixty four (2016/06/24)

歲月催人。

先來說鏡子。剛才特意取出軟尺去量度尺寸。兩個浴室洗手盆牆上分別有36〞x24〞與18〞x24〞，沒有框架，只是一塊鏡片，他梳洗女兒化妝。我們睡房有同一模樣，也沒有花巧鏡架，10〞x64〞，瘦長，黏貼在房門邊的窄牆，方便早上出門前結領帶。女兒房間有一個暗黃粗木框，20〞x30〞，懸掛的高度，她六七歲時照得到全身，今天？胸膛以上就看不見了。樓下雜物房（從前女兒的音樂練習室為甚麼大學畢業後變成儲物室明白了就不要問喇）還有一個幼木框14〞x36〞，勉勉強強可以在出門前肯定儀容整潔。

這般囉囉唆唆，只不過是，說明家中沒有一座鏡子，四四正正，可以端莊大方地全身打個照面。我並不介意，好少照鏡，從不化妝，自從聽過亦舒話一罐龐氏與昂貴的護膚有同樣功效，便一直篤信不疑。至於衣著，我黑衫黑褲幾十年了，毋須鏡子挑剔。

直至那一天。在百貨公司與巨型長身鏡不期而遇，嚇一大跳，心情久久，不能平復。魔鏡魔鏡，那是誰來著？那個不是我年邁的母親嗎？

　　歲月催人老。網球肘，五十肩，慢慢來，我接受。眼矇耳背，都可以。失驚無神在街上碰見老來的自己？歲月不仁慈啊，不饒我。

　　但我的確是，一直，希冀可以學習優雅地老去。從沒染髮，髮型師次次都講，白頭髮會識得收埋喺底層咁叻嘅。咪係，買戲票要求長者優惠，未帶身份證，我撥開耳後華髮，嘩！大家笑開懷。

　　六十四了。仲係滿塞慨歎，一事無成？把我捉去餵老虎。昨日蹉跎，都成既往。還有多少日子？我們一起老去，歲月靜好。

　　大家都住在網絡世界，天涯若比鄰，旅遊休憩，聚餐敍舊，臉書貼上照片，一起分享，一同按心心讚，我也不再呆等郵差派明信片了。哦漫遊碰見健康食譜，電郵送到合用冇？

　　當我六十四唱罷，近日移情，鍾愛這一首，貼中心事，腦海盤旋不去。你也來聽聽，可有共鳴？

Though I know I'll never lose affection

For people and things that went before

I know I'll often stop and think about them

In my life I love you more

　六十四了，時日如輪，人事變遷，莫要唏噓。前面還有多少日子？就讓我，親愛的，摯親好友，細細聲，講清楚：

In my life, I love you more.

無盡歲月風裡吹（2016/06/24）

我記得那個日子。

我記得那個身影。

嵌在腦海裡，一直。

記得那個日子，一九六八年一月一日。

記得那個身影，我父，午後，東華東院大門外。

元旦，午飯後，與弟妹擠在電車上開開心心分享一筒橡皮糖，那是額外的零用錢買來的奢侈。我最愛黑加侖子。街頭充滿歡欣喜樂，我們吱吱喳喳乘機沾染一丁點兒節日氣氛。電車西行，我們往醫院探望祖母。她中風臥床多年了，久病，我們年少，漫不經心。常常取笑，阿嫲您克痛藥片當糖食。終於出了事，急症入院，我父早晚侍候在旁。

遠遠，大門外有孤獨身影，我心凜然一驚，衝前去，第一趟，見到我父流淚。他沒有抬頭看我們，管自喃喃哭著說，唔等我，我出去食飯，我由朝到晚陪住，佢等大佬嚟先走，唔等我。

我被遣回家取底片往影樓沖曬大相。一路上，人人歡笑，我年輕，我一點也不明白，天不是暗黑下來嗎？我家有喪事，大家怎麼笑嘻嘻？眼前的路就是這樣子模糊起來。

　　無盡歲月風裡吹。

　　十年前。

　　記得那個日子，二〇〇六年十月二十六日。

　　我父幾次中風，在家二妹親自悉心護理兩年，最後逼不得已送老人院，仍然天天探望。周身病痛，常時急症入院，頭痛醫頭腳痛醫腳，急症室過勞疲累的醫護開始冷嘲熱諷，猜疑濫用服務。那回要拒收了，幸而有當值醫生插手，入病房依然受到白眼，檢查後知道病情嚴重，各人纔頭耷耷覷覷執行職務。

　　我父飽受煎熬，不住呼喊阿媽帶我走，阿哥帶我走。聽著心酸。那一回入院，哪曉得是最後一回呢，依舊慌忙訂妥機票，準備起行，電話卻來了。來不及了。我父已安息主懷。唔等我。關上房門，我號啕大哭，唔等我。女兒衝入來，定要摟抱我，我一手推開，她硬是抱著，緊緊不放。直到我平靜下來。

　　十年了。

　　無盡歲月風裡吹，我會想起您。

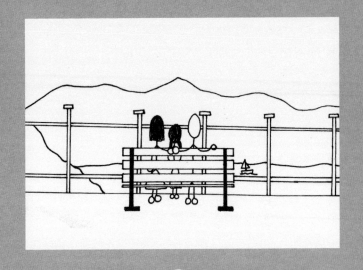

（二）客地人生

一點火，傳下去（2012/07/29）

奧運火炬從希臘飛往英格蘭地之角由碧咸接過。七十日，八千人，環島八千里，又交回碧咸駕快艇在泰晤士河陪同運送去奧運村。裝模作樣，前足球隊長西裝筆挺會踢火球入門嗎？故弄玄虛，沒有人肯透露誰是最後接炬燃點人。

四年一度呢，開幕禮當然要捧場，看看上回在北京的倫敦雙層巴士能去多遠。最後衝刺，島上有許多噪音：建設超支、保安不足加派軍隊輔助、海關人員鬧罷工、金屬竊賊偷拆路軌火車停駛乘客不滿⋯⋯。早有自知之明，無從比較超越，但會失禮會貽笑大方嗎？場館坐滿，一陣渦雲雨，未曾掃興。

大場面要金像獎導演把舵纜有睇頭？前有張藝謀，這趟是丹尼波爾。

大家且來上一課片面英國現代史，簡單概括二百年歷史、文化、科技資訊發展、詩歌讚歌流行音樂、和民生。

環法單車賽歷99屆，今年寫下歷史，英國首次獲得總冠軍，車手威根士身穿長勝黃衣領先出場，敲響奧運大鐘宣告拉開序幕。

一片田園風光男耕女織，春光明媚跳花柱舞來一局木球。英格蘭、北愛爾蘭、蘇格蘭與威爾斯的兒童合唱團輪流唱讚歌。

英格蘭讚歌，是布萊克抗爭到底要重建的耶路撒冷；廿世紀初婦女運動爭取選舉權也曾高唱；今時今日BBC Proms圓滿閉幕前亦響徹整個皇家艾伯特音樂廳。

難怪布萊克憂心。工業革命正醞釀，工程師布魯內革命性推動公共交通修橋築鐵路。他宣讀莎士比亞暴風雨名句「不必害怕，這島上充滿聲音，甜美樂曲，愉悅不會傷害」；但一千個鼓手不同意，齊齊敲響警號。天昏地暗大樹連根起，二千五百工人湧出來，將農業社會摧毀。巨輪轉出煙霧瀰漫，天暗下來，那雙腳踏過的青山綠水呢。抬望眼，只有冒煙的煙囪。

時空急轉，一段段，不連接。婦女走出來爭取選舉權；虞美人花前軍人默哀大戰死難者（別與罌粟混淆，二〇一〇年金馬倫訪華值國殤紀念，襟前插花，有人聯想鴉片戰爭要禁，翻起外交風波）；披頭四Sgt. Pepper's Lonely Hearts Club Band；第一批加勒比海移民；退伍退休軍人Chelsea Pensioners助興；鋼鐵工人終於鑄就奧運五環升空；煙花絢爛全場鼓掌。

短片居然請英女王客串。她願意？牆上時鐘已經八時卅分，占士邦尷尬囁嚅，她轉過頭來，「Good evening, Mr Bond」。直

升機降落傘護駕，叫人瞠目結舌。一國之君，被調侃不以為忤，開小玩笑與民同樂。是這國家開放，自信，民主？

國歌仍是要民眾肅立。穿睡衣的失聰及健聽兒童合唱團一邊唱《天祐女王》一邊手語。

已到就寢時間。有人質疑推病床出來表揚國家免費醫療服務及兒童醫院是否過火，稍安勿躁，聽羅琳朗讀永無島，就知道連繫。1929 年巴利已將小飛俠版稅贈予 GOSH（Great Ormond Street Hospital），現藉此感念致意。孩子害怕怪獸巫師惡棍拐子佬在噩夢中追逐？天降神奇褓姆打救。乖乖睡穩。

倫敦交響樂團夾戀豆先生演奏烈火戰車，得啖笑。莉莉白可是累了可有悶透？鏡頭捕捉了外交笑容欠奉。

隨之而來的步伐節奏急速起來，進入數碼電子時代。流行音樂文化，電影電視音樂錄影帶，目不暇接。年輕人開始活躍、獨立，有自己的聲音。手機短訊留言，社交聯繫方便，電腦互聯網流行，大家向萬維網之父伯納斯-李鼓掌致敬。

掌聲靜下來。請大家為紀念牆上死難者默哀。二〇〇五年七月七日，公布倫敦獲得舉辦奧運權翌日，恐怖分子爆炸襲擊無辜，五十二人罹難，超過七百人受傷。落日下黑衣舞者悼念；黃衣人掙扎生與死之間，人生有涯；Emeli Sande 唱《Abide with me》，小孩無助要求抱靠，大家齊齊守護。

大家一齊來吧。跟隨約翰連儂的音樂，肩負和平鴿的單車團隊繞圈，一隻覓得自由高飛去。

高勳爵致詞，這是我們的時刻。日後，可以告訴我們的兒孫，我們的時刻到臨，我們做對了。

聖火抵岸，原來是五次金牌得主韋姬夫爵士接炬。由他去燃點摘取光環榮耀嗎？莫心急。場館入口處五百建築工人夾道歡迎。七個年輕的後起之秀列隊，隊長接過。接力。來到前輩提名人面前，先擁抱後接收每人一根棒，火炬交給他們燃亮。旁觀鼓掌讚許的是自一九四八年來獎牌得主。

薪火相傳。我們做對了。七個年輕人點燃亮204片小小銅花瓣，齊齊仰望，長長的花莖，升起，併合成一。

一點火，傳下去，鼓舞激勵新生代。

擇善固執（2012/09/02）

　　九月二日，星期天。天陰冷，十七度。九哩外有一年一度的遊行，the Burston Strike School Rally，紀念英國有史以來最長久的罷課，自一九一四年至一九三九年，持續廿五年。

　　罷課，其實譯詞不當，事實上，當時是自行在主流以外的學堂上課。整體而言，那段漫長的歲月，是一回對權勢的反叛抗爭。

　　事情是這樣。一九〇二年國會通過教育議案，讓勞工子弟就學，背地裡不過存心要他們認識到自己的社會階級地位，懂得尊重權貴。在鄉間，即是要男當農工女作傭僕，安分守己。

　　在鄉區，英國聖公會聯同富農地主，掌管學校行政，兼控教區事務。係威係勢。

　　吉蒂與湯赫頓夫婦，在通過教育議案當年從倫敦北移諾福郡，兩人一任大寧市校校長一當教師。湯出身於農工家庭，深知疾苦，鄉村課堂潮濕冰冷不合衛生設備，一直提出改善環境無效；學生更要隨傳隨到停課下田，屢屢抗議碰釘子。終於與教育委

員關係鬧僵，兩夫婦面臨抉擇，辭職或轉校。

一九一一年，他們轉到Burston School。環境一般惡劣，人事更加複雜。適值新教區長上場，亟欲牢固教區政務地位；惜兩年後，教區長竟輸掉民選席位與湯，忿忿然與富農地主同謀策劃根除眼中釘。赫頓夫婦不斷為學生提出訴求，爭取燈光暖氣衛生設備，依然落空。有一雨天學生步行三哩路來上學，衣履盡濕，吉蒂點火焙乾濕衣，就此留下未經批准生火的把柄，及無禮回話的指控，二人遂被革職。

一九一四年四月一日離職生效。全校七十二名學生，有六十六人繞村高唱示威，不返原校上課。從此赫頓夫婦得到家長支持，在公園搭營帳設定時間表開課；冬來則搬入空置工場。教育委員當然繼續留難，召家長上庭控以失責未讓子女入學罪，庭外鄰里籌募捐獻得交罰款。但脅逼未了，農工被解僱迫遷，租耕地收回，農作物毀掉，地主貧農，勢不兩立。

是時罷課已輾轉傳至全國工會團體教育改革家耳裡，不時造訪查察。隨著工場租約將滿，籌建新校的呼籲全國響起，各地工人捐款踴躍。一九一七年五月，the Burston Strike School 落成，開幕日隆重宣告，這永久是a School of Freedom。

湯赫頓一九三九年八月辭世，吉蒂年過七十，無力獨撐，最

後的十一名學童回歸主流學校，罷課到此結束。校舍保留成為博物館及訪客中心。自一九八四年起，九月首個星期天，這只有二百多戶的小村落，都舉辦沿舊日學生示威的路線遊行，群眾來自八方，彰顯團結是力量。

沒有人提到勝利。

歷史性的廿五年，只是有人權，有選擇，有機會去堅持信念。

歷史不斷重複。

今天，六千哩外，亦有不卑不亢，但我們年輕 我們瘋狂 我們相信 所以我們勇敢 的新生代站出來，良心話事 守護孩子的聚集，為下一代的福祉，不肯妥協。全民行動，九萬人大遊行，反對洗腦反國教。

我們相信。我們有希望。

立盡梧桐影（2012/09/13）

曾經　蜜蜂和花耳語　交換心事　一瓣瓣　零落　一滴滴　凝噎

山盟海誓，真是一場誤會。誰以為，仍肯費心就是還在乎呢，諾言一個換一個，又一個……。真是，癡癡的冀盼，不願將泡泡刺破幻滅。不去斬釘截鐵地將心摔碎，卻來不斷的推搪，一般的傷害，幾重憂感。教人漸次心淡，直至，心如止水。

說的當然是情事。今夜故人來不來，教人立盡梧桐影。

現世裡，真的還有承諾麼？

喬治向艾莉芙許下諾言，共她一起往海邊去。她這一等，便是十一年。沒有戰火連天，逼使二人分隔。沒有第三者。不是他花言巧語。喬治是挺認真的。自一九九〇年至二〇〇一年，他花了一萬鎊，上五百堂，經八次路試，終於考獲駕駛執照，可以兌現他的應允，親自載艾莉芙出遊，到海邊去。那一天，他七十三，她七十四。兩相牽，看海潮。

沒有花前月下纏綿，是不是不夠羅曼蒂克扣人心弦？嗨我心暖呢。我尊重信約，守誓盟，重情義。啊，人間，有情。叫人多麼高興。

歸田園居（2012/10/12）

　　剛從報章得知，大衛是這漂亮房子的新主人。市價卅四萬英鎊。是每日郵報「好夢成真」比賽的獎品。

　　五十六歲的大衛，三年前辭去工廠工作，留在家專心照顧患柏金遜症的老父，目睹他一天一天衰弱，直至今年三月離世。艱辛歲月，過去了，但大衛感到無望，猶徘徊在暗黑的通道不見天日，他徬徨如何返回從前自己的生活常軌。

　　「如果相信命運，這就是了。這是給我緊守困厄的回報。」

　　一生租住小排屋，首次成為戶主，大衛喜上眉梢靜候接收物業，高興這曙光適時出現。

　　漂亮的房子有漂亮名字：The Retreat；我喚作「歸田園居」。

　　現任戶主剛才在前園打掃秋葉。他們七年前從倫敦搬入，立刻內部翻修，廳堂地毯移走換石階地，廚房浴室統統改現代裝置，從十七世紀建成的古屋外面看，任誰也猜不到，竟如雜誌上摩登家庭示範單位，緊追潮流。裝修完竣，即託經紀代售，預算脫手後移居西班牙。但叫價太高，幾年下來仍未有買家，

是因此轉讓予報社用作遊戲比賽的餌嗎？他們不說，人家不好過問。

如果牆會說話，會告知大衛，房舍本來表裡一致，樸拙祥和嗎？十多年前，我家小女孩放學回來，用過牛奶餅乾之後，蹦蹦跳到對面與退了休的珍納太太做伴。一老一少，在前園種花除草，我在窗前望過去，兩人一高一矮一前一後抬著水龍帶澆花，一邊側著頭說細細話。怎是好風景。天冷了她倆留在室內，回來我問今天有甚麼做呀，啊學打毛線方格砌百補氈，小心幫忙放木頭入大壁爐生火暖暖。生活寧靜致遠，守拙歸園田。

如果牆會說話，會不會像我一般懷念，古樸素淨的往時？白日掩荊扉，虛室絕塵想。不過十五年，我看在眼裡，村中的變遷，叫人唏噓。左鄰右里，玩破舊立新的投資遊戲，家家戶戶不再扎根。左鄰換過兩戶右面三家，每一次變換，便再一次動土。花樹遭殃，園子鋪碎石。假日再不聞剪草機聲軋軋，讓大家偶而停下來，閒話家常，啊今年又乾旱，菜圃草盛豆苗稀。菜圃早早填平蓋了房舍，珍納太太亦遷走七年，小女孩今已亭亭玉立。不久，對面「歸田園居」將有新戶主，靜侯明年夏來和五兄弟在後院灌啤酒燒烤。

（最新消息：大衛不來「歸田園居」，他改變心意，寧要折現獎金。報社將房子交還戶主，再上經紀冊，重叫天價。）

經一事（2012/10/19）

當真，長一智？我懷疑。

每星期免費派發的社區報，常有報導，棍騙的情節，要人留意提高警惕。但跌下陷阱的，仍時有所聞。

歷年來，也有臨到家門，干擾我平靜生活。

像那高大裝聾作啞的青年，一隻大背包賣雜貨，遞上粗製手寫滿別字的身份證，打著手語，初初可憐見，被拒絕了漸露蠻勁，不肯離去。報上早早警告有這一幫人在活動，老弱者被恐嚇被逼買下破爛。終於可掩上門我猶有餘悸。

不是要記住不得隨便應門嗎？這東歐來的女孩，走了多少路到此偏遠角落？一臉疲憊，挾著一束畫作，苦苦哀求，善心買一幅，不過十鎊。是在家鄉美術學院得獎的功課，如今籌措學費食宿費，忍痛割愛。不靈光的英語，斷斷續續，申訴追尋夢想，不離不棄，請幫忙請成全。爐上慢火炆牛尾，正要煮意粉。我得急急打發猝不及防而來的惻隱，取出紙幣，要了「村中一隅」，她還解說是故里速寫。關上門，仔細看，是複印品。我

神傷自己輕信，還是他人被生活矇騙走上歧途？

　　陸續有來的中獎通知，這張明信片有湖區小築，只需撥電登記報上中獎號碼，便有機會成為戶主。微型小字協議條款列明，電話費按特高價每分鐘計一鎊半，最低收費十分鐘。未見官先打八十，主辦單位只有郵政信箱，我哪會理睬。只是珍妮和鄧勤收到的是西班牙小島別墅，他們一直夢想有歐洲歇腳處，以為試試運氣無妨。電話登記後，他們告假一天，來回三百哩，上伯明翰一酒店填表格。到達後原來是賣timeshare，經紀疲勞轟炸他們幾個鐘頭仍不肯放行，最後他們要不顧禮儀反過來聲大夾惡纏可脫身。

　　西班牙還來過幾封信賀我中了百萬現金獎，絮絮不休親愛的女士，如斯幸運千萬別錯過登記，否則拱手讓人。邊有咁大隻蛤蜊隨街跳？報載有人中計，要先交手續費、兌換率、匯款管理費，再三地發出共幾萬鎊支票，凍過水。

　　近幾星期來，女兒忙在網上找居停，電話電郵短訊全無回音，異常徬徨焦慮。前天早上忽然有一房間月租五百鎊包雜費，我們齊齊話，有冇睇錯？地區環境租值她早已心中有數，這確是超值。我倆同意，It's too good to be true。沒有照片及詳細資料，猶豫間，即管問問。午後廣告在網頁消失，網站負責人來函示警，雖然他們有監察廣告，總有漏網之魚，抱歉那是騙

局，請勿回應。太遲了，已接電郵附件，嘿全部酒店式格局，特大號雙人床，皮梳化巨型電視，摩登先進設備寬大廚房⋯⋯三十七歲的女房東平易近人，十分歡迎入住她「漂亮可愛的家」；請問按金之外願意付多少個月上期呢？翌日還未見回響，竟冒網站負責人名義，用類似的郵址，擔保女房東信譽可靠，值得信賴。

霎時間，我們哭笑不得。不是，已經，逢人只說三分話？曉得，防人之心不可無？往往，杯弓蛇影疑神疑鬼？怎麼還上當呢？雖然沒有財物損失，但頓時心虛膽怯，真要打笨頭！

日後，救世軍拍門還開不開？

她會唱歌跳舞嗎？ （2013/03/13）

這個她，是誰呢？我不認識，但知道她的身份後，才因此錯愕了，聽不到回話。

這個她是一個母親。

那是母親日（英國Mothering Sunday）前兩天，英國廣播二台清晨節目慣常的短環節，邀請小朋友來電回應問題。女主持人一連串問：星期日預備了甚麼禮物？安排甚麼節目慶祝？為甚麼她是最好的母親？接著問，她會唱歌嗎，會跳舞嗎？

嘎？

年輕主持不過是隨便閒聊，全無惡意，完全沒有意圖去觸動一個母親的神經。不會聯想到做母親的有天生負疚的基因，甚為敏感，經常疑慮不勝任不及格。眠乾睡濕，噓寒問暖，供書教學，入得廚房上路管接送，還要，聲色藝全？唔係嘛？

也許只是我想得太多。

環節在嘻哈聲中告一段落。小朋友點唱母親鍾愛，占士邦新

片主題曲。

Let the sky fall

When it crumbles

We will stand tall

Face it all together

艱苦奮進，齊齊牽手迎難而上，這個，唔使問，母親一定會。

在路上，這端事故（2013/05/02）

　　十多輛車子排成車龍了。我們停在斜坡上，居高臨下，看得清楚。唯一連接南北主要城鎮的公路，交替納入沿途小村落，交通極繁忙。別說如有意外，蜿蜒數哩行不得也哥哥是等閒，即或遇上拖拉機往來農田間，管是法拉利蓮花亦乖乖地蝸牛爬行。毋怪這小鎮的居民，頻頻開會、請願、上訴，要求繞越改道，討還他們寧靜安居的環境。政府幾番答應撥款，又食言推搪。另一政黨上台，收買人心，藍圖籌畫好，卻藉詞經濟衰退擱置。反反覆覆，不經不覺，地區報最近翻查檔案報導，提出訴求竟已六十年。家家戶戶門前豎起「bypass us」的黃色牌子，難怪褪色歪斜了。抗爭可是仍舊繼續不曾稍懈。

　　是的，我們看得清楚，車龍頭在T路口交通燈前開始，沒有修路，不是車禍，交通燈點紅點綠並無故障，領先的小紅房車就是停滯不前。東部這一郡被公認是全國生活步伐緩慢之冠，今回可以印證。有人伸首外望，T路兩側陸續交通不斷，無從越線，人人靜靜排隊。龍尾巴展延開去。

　　周末下午，電台倒數一九六八年金曲，比知樂隊唱罷《我給

174

你留言》，隨後《我唸小小禱文》歌者化好妝還未及趕巴士，我們後面一輛四驅車忽然急駛衝前越過車龍，突如其來，嚇唬了對線車輛緊急煞停，更喚起各人的正義感，紛紛響號表示抗議不滿。號角此起彼落，震天價響。人群是可以盲目地團結的。四驅車停在交通燈前的安全島畔，並未打算逃之夭夭。司機下來走向小紅房車，低頭，頷首，接著企圖將小車推動。頓時，大家醒悟了，尾隨的車門一一打開，對線的司機也一起來，幾個人合力將車移前，過了交通燈樽頸，停在路邊。疏導了，兩旁車輛皆示意讓四驅車先行，它閃亮前後燈致謝，像蝙蝠車完成使命呼嘯而去。

經過小紅房車人人好奇張望，原來是雞皮鶴髮老婆婆，一臉靦覥。慚愧的應是我們這班袖手族人麼，對身邊人事漠視。事不關己己不勞心。我們忘記如何關切慇恤、守望相助。路有不平，完全漫不經心。唯有金曲繼續倒數，緬懷昔日，試圖挽回，甚麼。

為甚麼要背負一個國家？（2013/07/08）

　　塵埃落定，歷史寫成。

　　「自一九三六年最後一個贏得溫布頓網球男子單打錦標賽的英國人是佛培利」。

　　從今天起，這句話，再不合用於新聞頭條了。

　　七十七年，十一名選手，年年六七月間，the longest saga，在溫布頓網球場上，在電視機前，在報頁中。從今天起，可以讓佛培利靜靜地安息了。

　　英國頭號種子添漢文退休後，輪到梅利掌旗。大家該記得去年的轟動，終於有英國球手打入溫網決賽，舉國歡騰，切切期待，BBC直播前宣言：「不關乎獎金，不關乎名聲，甚至不關乎榮耀，這是關乎歷史締造」。常被棟篤笑匠作把柄，輸波是蘇格蘭人，捧盃才是英國人，不管甘心不甘心，梅利背負包袱五六年了。決賽落敗後，首次流露真情，垂淚人前，輸掉賽事，賺得國人心。

BBC1最偏心，凡有直播梅利賽事，必至完場，其它原定編排節目都推過二台，或者取消。偶然也有非網球迷投訴，不過無濟於事。今天，梅利第二年入決賽，出戰佐高域治，因此德國紐柏林大賽車，也要錄影轉播，未知車迷有否氣憤生煙。

今天，中場據稱有攝氏49.8度，三小時十分鐘的賽事，三盤勝出。我進出廚房間，聽聞現場觀眾熱烈反應，已知曉誰勝誰負。

「我明白每人何等冀望有本土人奪冠，今天希望大家欣賞」。全場起立，掌聲不絕。

節目完畢主持舒口氣，她致謝說，扛著全國的希望重壓在肩上，真不容易啊，梅利終於完成歷史使命，圓了國人一直牽繫的夢。各家電台電視台爭相第一時間報導，喜氣洋洋。這已經不單是個人成就了。此刻記起李娜曾經說過：「不要說我為國爭光，我是為自己。」為甚麼不呢。一級頂尖賽車手冼拿，他好勝，全力以赴，絕對自我，但每場賽事勝出，他會接過傳來的巴西國旗，或披肩，或揮舞。

不要笑我，我也等待，有天，有我有家有國，有豪情傲氣，有旗幟飛揚。

擇鄰處（2013/09/02）

為了孩子有遼闊的空間成長，你可以走到幾遠？

七十年代中期，移民潮尚未翻浪，但暗湧偷現。亦師亦友的彼得，最痛惜小女兒丁香，反覆思量，兒孫自有兒孫福，你說是不是。莫為兒孫，做牛做馬，對不對。反覆思量，只不過是要說服自己。做人但求心安，汝安則為之。是。不是。幾番猶豫，終於連根拔起，向萬里行腳，落籍溫哥華。但存方寸土，留與子孫耕。八四年我過訪，請我一盅兩件，喝一口香片（激氣呢間唔沖龍井），丁香亭亭玉立等入大學喇，早早都唔識聽唔肯同我講廣東話咯。全部英文台，唔唔耶耶唉唉哦哦。考到獎學金呀要穿州過省自立喎。我看著他，言若有憾麼卻一臉得意。又來斟茶督促我點解唔增磅快啲嚟個荷葉飯呢度招牌菜冇得彈。至於事業上的坎坎坷坷，垂一垂頭，有一句，沒一句，輕輕帶過。

艾雲差事約滿，回歸英國，嘉芙遠嫁，後園種臭草，夏日燒烤之後煲綠豆沙清熱。毛頭出生，他倆細細商量，市廛居，門前交通頻繁，不宜孩兒玩耍，遷離倫敦，鄉居簡樸，正合茁壯

成長。夏天摘草莓踏三輪車冬天堆雪人滑雪橇;萬聖節,呼朋喚友聯群結隊,人人披一個穿洞黑色垃圾袋,逐家敲門派糖定耍花招;聖誕表演扮駱駝,隨歌詠團沿村唱頌歌。快活不知時日,轉眼小學四年級,村校的功課還是輕輕鬆鬆,不發家課,香港的表兄弟姊妹已經十幾份作業請補習老師,嘉芙發起慌來,也四處打聽,中小學排名榜。

又搬回市區。筆試面試順利通過,插班五年級,孩子適應力強,嘉芙慶幸,小學列入中學名校招生分界線內。立刻四出安排毛頭學樂器、加入球隊,還有甚麼細節需要注重?留待接放學在大門外向家長們打聽打聽。網上與姐妹淘閒聊,大家互相取笑,我們都是,現代孟母,擇鄰處。總要替兒孫鋪路,可憐天下父母心。

青春有悔（2013/09/05）

　　我的右耳，一直耳鳴，不分晝夜。嗡嗡嗡嗡嚇嚇嚇嚇鳴鳴鳴鳴。那是自從移除左腮腫瘤手術一個月後開始的，已經十七年，是蟬也該出土了。醫師不肯接收我的投訴，他只是在左耳旁施手術，留低六七吋長的疤痕，理所當然與他無干。日後，其他醫生異口同聲，tinnitus？死症冇得醫。建議播放音樂分散注意力，我樂意遵從，可惜耳鳴總要與樂聲競賽硬不認輸鬥大聲，真無謂。

　　旁邊可是常要關注聽提，雙耳好唔得閒。他頃入門，未放下整天疲憊，已經吧吧吧，十三歲咋，阿媽陪同攞避孕藥！我看他，鬢髮俱白了。又多一名排隊飲美沙酮，纔廿歲女，同事鄰居，讀完書，好眉好貌。我說，去洗個面，我炒西蘭花。

　　日間珍納太太來探我。她坐下絮絮不休，報告大半年來瑣事。我側起隻耳都聽不完全，唯唯諾諾。懷疑喉癌呢，左驗右驗，未能證實，兩星期後又入院。醫生讚夠鎮靜，她笑住回答，已經七十三，又不是廿三，唔驚得咁多咯。但提到少女懷孕，扯起火。滿街推嬰兒車的父母，許多未成年，靠領取每周兒童津

貼過活，未婚媽媽有公屋分配，伴侶每星期可留宿四天。那是甚麼福利！這些少女於是職業生養維生，一擼二拎。豈有此理。看到今天新聞嗎？五歲入學仍揹尿布，不是個別事件，oh，no，年輕父母以為上廁所歸學校訓練，鬧佬懶理。她吐了一句粗話。如果你認識珍納太太為人，你該知道她溫文有禮，珍惜傳統美德，助人為樂。老人家，痛心，責之切。

年輕一代是我們的將來。那是怎樣的明天？

亞麥跟隨史葛來抹窗。夏天我給他們一人一罐可樂；冬天一杯咖啡一杯茶。亞麥兩年前音樂系主修譜曲畢業，騎牛搵馬，替史葛幫工。偶然不見他，問起，原來去了BBC無薪實習，兩個月後又回來。他自己前途未明朗，但亞麥安靜地一下一下抹掉灰塵，讓家家戶戶清楚看得見外面，有時風雨飄搖，有時陽光普照。

有時也要站出來 （2013/11/29）

　　大學教授彼得博士退休後遷入向陽樓，有餘暇追逐未圓的夢。他一生冀望當郵差，鎮上分局有空缺，取錄了，沾沾自喜。新丁，未被配給郵車單車代步，只有天天背負重甸甸的郵袋彳亍幾哩路。交更後，腰痠背痛腳腫，他倒是怪自己年紀老大了。強撐了幾個月，有一回在街上暈倒，終於被勸服退職另覓文書工作。但他常津津樂道，那些與接信人門前暢快閒話家常的派送日子。偶然不覺意，會洩露，比較其他同事出勤同一路線，他大大超時，接過幾次嚴重警告，還是覺得值得的。

　　松苑史德高夫婦，也有他們的夢想吧，可是他們閉關自守獨來獨往，無意睦鄰，大家只可在旁猜度。從南部鬧市搬來一如明信片上的小村落，繼承了繁花似錦的大宅，他們會參加隔年舉辦的夏至花園園遊開放日嗎，大家竊竊私語切切企盼。卻始料不及，他們竟然先是藉詞申請砍掉門前百年遮蔭老樹，繼而整個花園剷平，鋪草坪建泳池。假日燒烤款宴親朋，車子泊滿門前小路阻塞交通，附近農田拖拉機經過，險象橫生，不時要犧牲各家門前悉心栽種的小花小草。

松苑貼鄰薇園的女主人，自從女兒離校卸任小學家長會秘書之後，擺攤子籌款當義務圖書館及課堂助理都告一段落，不再參與街外活動。鄰里偶而串門，倒樂意燒一壺水，沖兩杯茶，吃一件餅，接收村中最新訊息。沒有大大的企望，只願多讀一頁書多寫幾篇字，心安恬淡，生活簡樸，日子平和。

日出日落，太陽底下無新事。

偶有烏雲疾雷。

兩星期前大家接獲市政府區域規劃土地開發管理處寄來諮詢，通知左鄰右里松苑遞交申請，將車房改建為小型啤酒釀製廠，分類屬普通工業，如有意見需二十一日內提交。近年村裡時有農地改建平房村屋擴建，諮詢信件如雪片，大家習以為常，不大留神了。只是慨歎，舊時日子，鄰里有商有量，毋須官函知會身邊事，原來史德高的夢想是自釀啤酒？

這趟，彼得博士撰文五頁，痛陳弊端，力求鄉居不受環境污染，交通安全，生活質素維持。他義正詞嚴當頭棒喝，各位，如果現在保持沉默，一年後啤酒廠成形起飛，破壞靜謐生活，導致環境惡劣道路險阻，一定會後悔今天放棄發聲的權利。歸田園居珍納即致電官員，了解詳情，得知史德高日前對官員詭稱已與鄰居商討，並一年前已開始小量釀製，從未獲投訴。他

的語言偽術，令事件更火上加油，珍納穿梭轉述，連一向不信任政權的洛瑪太太，也在反對信上簽名。

群情洶湧，礪兵秣馬，大家是否患了NIMBY症候呢？Not In My Back Yard。如此動氣，怕不是看見區管處網上顯示，眾部門長官，未離開官門半步，未聽民情，已瞎蓋了幾個橡皮圖章。還有，史德高意氣風發，在諮詢期，已開始動工動土，漠視法紀，並在微博上自鳴得意，吹噓宣揚，第一桶已在釀造，what could possibly go wrong。

薇園從來沒有這般熱鬧過，門庭若市。有人來試探口風，拘謹的怕事的中國人，會保持沉默嗎，貼鄰的抗衡最有影響力。有人關心，切勿擔憂，大家肩並肩共同進退。有人報告進展，史德高接到風聲，企圖用棉花蒙蔽眾目，急急發出「親愛的鄰居」通告，偷偷塞入大家信箱，辯白已決定將釀酒廠規模縮小，並非申請書上那麼野心勃勃，大家的疑慮應立即不存在。受籠絡的鄉公所官員還四出家訪，意圖平息風波。

滿園落葉打掃乾淨，坐下來，斟一杯熱茶。鄰家小學正小息，傳來孩子嬉笑聲，無憂無慮未曉天高地厚。她知道，有時也要站出來。將連夜擬好的反對信，再讀一遍，放入信封。天陰地濕，她慢步往村下的小郵局，鄰居米高經過，停下車，送她一程。

懷人總在歡樂天（2013/12/19）

　　她決定離開那一天大家都不在意。學校上課鈴聲準時響起，孩子們列隊，家長們在操場上貼著鐵欄閒話家常，有人相約不如入城吃件餅喝杯茶，難得好天氣。車龍頃刻四散，校門外恢復寧靜。

　　那一天是二〇〇一年七月二日星期一。

　　後來大家知道，她一貫地做足準備功夫，晚餐預備妥當、雪櫃堆滿一星期餸菜、額外多兩瓶牛奶、丈夫女兒的衣物熨貼、房子執拾打掃乾淨。然後她在村中小郵局買一張咭，往油站將汽車油缸注滿。

　　那一天，正午太陽下，警車響起警號來回穿梭，未幾，停在隔壁柏加先生的前院。左鄰右里珍納太太和嘉露，不約而同立即衝出來，擔怕是身罹惡疾的老先生出了事。她倆看見我驚惶的神色，急急安撫，別慌別慌，警察只是找尋集思園所在，可惜五十年老街坊柏加夫婦，亦茫無頭緒，嘉露呢喃下次鄉公所例會一定要重新提出印製小村落街道圖方便坊眾，忙著攙扶柏加太太我沒聽清楚她還在說甚麼千萬不要太遲啊。晚間珍納太太忽

然來電，叮囑明天過去幫忙咖啡早晨籌款。不疑有他，爽快答應。

翌日校長和全校老師都在操場當值，趕赴約我未覺異樣沒久留。見到嘉露我隨便問起，他們找到集思園沒有，她面有難色，支吾以對。珍納太太在旁，示意，嘉露覷睰點頭，找到了，車廂充滿廢氣泊在屋後。是她呢，你的髮型師朋友。纔三十五歲。整個早上，我在人群中，斟茶遞水，傷痛尚未成形沉澱。但哀傷微微漸漸的沁入，延至下午，心如鉛重。

後來大家知道，那一天她決定離開，給丈夫傳短訊「深愛你，守護女兒」。女兒艾美十天後十一歲生日，小女孩自動搖電話逐一通知同學朋友，派對取消。操場上大家一度十分激動生氣，惱她，幾乎爆粗話，及時記得她的溫婉藹和，必會皺眉，纔止住了。她是大家的心腹呢，人人都對她傾訴體己話。柔柔地一邊整齊凌亂鬢髮，一邊聆聽煩躁瑣事，漸次梳理出紋路，讓人儀容端潔，心底平安。直到那一天，大家未曾想過，她那纖細肩膀，如何負荷眾人煩憂重擔，大家未曾關切，她可有惱人心事無人聽取。

她離開那一天我不在意。那麼多事情在發生，也沒有聯想。翌日那般不尋常地全體老師值日。原來珍納太太善意，以為我已知曉，喚我出門，不讓我獨自悲傷。原來，集思園，常常經

過，也曾過訪，她的居處，只是一直不留心名字。如果有留心。

如果有留心，她也曾輕輕帶過，考警隊體格檢驗不合格正要上訴；氣憤夫家一旁訕笑看扁，傷心丈夫不吭聲不支撐。如果有留心，可清晰聽見：「我不再年輕。警隊讓我加入，我還有二十年可以服務社會，著實地大有作為」。在操場上一同當值課外活動，她從不高聲呼喝，和顏悅色，孩子們也就乖乖就範。

她決定離開。她離開了。初初一段日子，我生氣我傷心我惋惜。珍納太太婉勸，是她的決定，需尊重她的意願。因為了解，所以慈悲。陽光下閃著微塵。我常常惦念她。每逢佳節。懷人總在歡樂天，惜別人間不相見。

途中遇見人家的女兒（2014/01/29）

　　地鐵東行，沿線是倫敦購物中心旅遊景點。眼前站立三名少女，國語交談，興奮莫名，手中握緊中文版圖文並茂的旅遊英國指南，久不久瞟我一眼，嘻嘻哈哈指著車廂內的地鐵站分佈圖，伸首張看，確認車站。天真爛漫，笑容可掬，對未來充滿憧憬的歡忻鼓舞，散溢車廂內，乘客微笑分享。青春年少，有夢遠行。The world is their oyster。武士橋到了，她們齊齊出發。

　　她坐在我右側，默默飲泣，一直不停用手背拭抹。都不知多久了。該是在英皇十字站那家人下車後，她才坐下來。那一家大小，也是遊客吧？坐我左右兩旁，大人吱吱喳喳，孩子不住插嘴，當我透明。我何嘗不是視若無睹。是對座的女子探身過來拍女孩的膝蓋，輕聲問「Are you OK?」，我才抬頭從對窗的倒影，看見她左手抹左眼，右手抹右眼，然後雙手抹在大衣上。一而再，再而三。哀傷如泉湧，悄悄地，沒有顫動的雙肩。我靜靜地打開手提包取出紙巾，握在手裡，拍拍她左臂，「Are you OK?」「Yeah」。她接過紙巾，繼續拭淚。是委屈？是感傷？是悲悼？在手機不離手的今天，她的朋友呢？親人呢？是感到

被遺棄嗎？這世界，這時刻，待薄了她。禁不住淚流成河，淹沒或者漂浮。到站了，我起來，再拍拍她肩頭，「You'll take care, OK?」「OK」。

下車，女兒伸手，圈我臂彎，猜疑，她可是心碎了？情不知所起，一往而深。誰曉得？兒女感到孤獨無告，那是每個母親心底的擔掛，不敢聲張。我打傘，傘下我倆親近，街外滂沱大雨。

多行咗一步（2014/03/07）

　　橫風橫雨，夜半咆哮怒號，教人寢寐難安。暗夜裡，禁不住，胡思亂想，最驚怕，四周參天古木，連根拔起，不知壓倒誰家。多年前，右鄰三塘居前院一棵老樹，風雨中轟隆一聲向前，攔在路上，恰好避過對家的籬笆，枝椏斷折在停車道。幸而小路沒有車輛經過，沒有造成損害。老樹若向左側塌陷我家車房，牽連路旁燈柱電纜洩電起火，真箇不堪設想。那趟，一額汗，有驚無險。

　　天光，風雨未歇，窗外望，後園散落滿地枯枝，一道籬笆倒塌，兩旁相連的岌岌可危。電視新聞片，沿海沿河水患，盡毀農地家園，癱瘓交通，避過了災害的看著黯然，默默數算恩典慶幸。

　　不管風霜雨雪，日子照常。垃圾車剛剛經過，收集回收廢物。自郡政府財政減縮，工人的日程更緊密，垃圾桶清理後不得不匆忙丟在路邊，打橫打掂，平時尚可，但今天風大，被吹跌落路窄彎急的小路上，易釀生意外，得急急去取回，等不及雨過天青。

門外，垃圾桶不在路邊，竟然，躲藏角落擋風處。心底暖一暖，多行咗一步，是哪位工友呢？風雨飄搖，有人做好自己份工，還額外替他人設想。人間，有情。他大概不知道，一小步，一線光輝，照亮心靈。莫將小事等閒看。世間陰霾密佈，戾氣充塞，信心動搖，要抓緊甚麼纔有安全感、纔不容易感到絕望、繼續堅持信念呢？由他，由你，由我，多行一步，一線光明。

中心搖搖（2014/03/26）

連日，陰霾，心慽慽然。

我是自私的母親，請不要審批我。此刻，偷偷吁口氣，女兒呼吸，自由的空氣，她不用靜坐，不須爭取。隨意走在倫敦街頭，她戴耳機聽daft punk。遠雷，聽不見，不必驚嚇她。

但我心虛。我耿耿於懷。

我隔岸觀火。

人家的母親，如何去撫慰稚嫩受傷的心靈？如何去重建子女對人的信心和信任？前面的路，荊棘滿佈，如何穩穩當當走下去？

我心虛。耿耿於懷。猶豫。如何表達solidarity。

因我隔岸觀火，我心虛，憑甚麼呼召年輕的你，去承擔守護一個國家的將來？去抗衡社會的不公義？憑甚麼保證，叫你相信，路旁生長的樹椏，你不必驚疑，是橫過來的惡手？撥開雲霧，總有青天。

隔岸，我看見，青春 理想 勇氣 清醒，那一道微弱但熾熱，心中那點火。

不要被水車衝擊澆滅啊，不要被亂棍暴打扑熄啊。

用字療，激勵，支持。可以嗎？我心慽慽，中心搖搖。

不要希望。希望有時候渺茫。

憑靠信念，堅持，燃亮心中那點火。星星之火。

愛您在心口難開 (2014/05/13)

　　昨天網上漫遊，有一段錄像，一班小學生，在課堂上輪流捧著老師的手提電話，吞吞吐吐，支支吾吾。有一個母親接來電，尊稱老師，認得是兒子的聲音，嚇了一跳，即問，你又闖了甚麼禍喇，怎麼用老師的電話。原來一個二個，要同母親講：「媽媽我愛您」。毋怪難以啟齒。嘻嘻哈哈之後，開腔，母親節快到喇，旁邊的女同學忍俊不禁，他繼續搔頭，終於匆匆吐出，媽媽我愛您。竟然惹女同學揩淚，自己也禁不住嗚咽，大家都感動了。

　　日後同學們會記住老師的用心繼續身體力行嗎？

　　很久很久以前，小學三四年級，五月有一堂作文，校長義正詞嚴訓話母愛的偉大，之後，大家齊齊低頭寫信，給親愛的媽媽。老師謄正，書法堂我們用毛筆端端正正抄寫在派下來有直線分行的中式粉紅色信紙，粉紅色的信封上寫下地址，老師收集後郵寄。我母接信，不疑有他，仔細閱讀我一字不漏重複在課堂上聽來對母親的頌讚，珍而重之收藏。那時候，老師不會要我們親自對母親說，媽媽我愛您。

西方教養，習慣將「我愛你」掛在口邊。親人愛人攬攬抱抱，短訊長傳，愛你愛你愛你。是容易？是等閒？鍾拜雅絲在她的《破曉》，記載諧星在台上說：「各位尊貴的來賓⋯⋯如果我告訴你⋯⋯我愛你，你會覺得難堪嗎？」哄堂大笑，毫不在意。可是鍾在自傳結語，還是認真地再問一遍，如果我說我愛你，你會覺得難堪嗎。這，是要證實愛你在心口難開，自然普遍，不分中外？不適合的時境地，令人誤會的言辭，靦腆的性格，如何傳達愛念？因此詹高茨要用一首歌來訴說我愛你。還是小學生直接，大大聲，媽媽我愛您。

我母如何愛我們？容我逐一細述。還是，不要，拿白朗寧夫人的詩篇開玩笑。我母愛我們，以大魚大肉。過年過節喜慶日子，電話追蹤，安排飯局。每個母親的共識，不住囉嗦，天涯海角追問，吃飽未夠暖否。我們從不談情說愛。

此地母親日在三月，五月靜嚶嚶，必需備忘。去年記住，寫下《外婆橋》應景，表白我母與我的情緣，剪不斷理還亂。借阿虫話「不是沒有牽掛，只是提筆難下」。不言喻的愛，明天又比今天多一天。

人間歲月閒（2014/06/01）

　　談笑甚歡呢。我們站在超級市場貨架通道，久不久要側身讓路。

　　她說老友結婚四十年，剛辦妥離婚手續，拿到贍養費，逍逍遙遙買機票去看北極光羨慕死。我立即搭嘴，看到新聞影片才知道呀，千載難逢北極光在這環頭都看得到，毋須往北國，真可惜，錯過了，好彩電視捕捉到奇觀。係囉心思思想移民去阿拉斯加你話好唔好橫豎退咗休，天空海闊。

　　話題一轉，她搖搖頭，女兒找到伴搬開，不肯結婚，還以為有機會買頂靚帽，而家啲後生，好彩虔誠的祖母不在，保佑她。你介意我問，客從何處來嗎。不是日本？想起他們出名的牛柳，喔喔，到口唇邊，兒子一定知道。我插嘴，神戶？是嗎讓我問他。他是頭生，悉心栽培，自小送私立學校，牛津畢業，city banker，大好前途，兩年不到他要轉行。點估都估唔到。揹起圍裙做豬肉佬，豬牛羊最美味部分瞭如指掌。而今喺肯德郡有間小店，生意唔差。哼，娶錯老婆。她煲煙。講到千古婆媳之間恩怨，我看看錶，是時候分道揚鑣了。

之前，並沒有好久不見的客套，久別重逢的欣喜。她，踮起腳跟攀不到，我經過，替她取了頂架的餅乾，被拉著說話。小小個子，打扮優雅，手挽環保袋，女皇英語沒有薩福郡口音，談吐溫文，是倫敦退休族群，未請教貴姓。星期五小鎮有市集，果菜之外，是閒暇歲月，寂寞的銀髮打扮打扮，走出家門，見見人吐吐氣，歸家已無老伴，孤寂相隨，如果牆會說話，亦無可奉告。

你知道我，三個人的聚會，已不聞我聲。初來甫到，與鄰居只是點頭今天天氣哈哈哈，多句都冇。女兒出生後，他們敲門送禮，的式可愛手織冷衫冷帽手套短靴，相約三點茶聚爭論昨晚肥皂劇劇情。推嬰兒車散步，沿路途人不斷截停，讚完娃娃得意順便呻呻真係得閒死唔得閒病㗎。後來呆站學校鐵閘門外接送，更多機會與人搭訕柴米油鹽醬醋茶。你咪話，練練下，隨時隨地，三唔識七都八一餐，流星趕月，萬水千山。

那年在九龍逛商場小店，模型屋家具唯肖唯妙，也許只是行貨，但我見店主拿出工具，做手工，興致勃勃提問，他抬頭唔哦不答，讓我碰一鼻灰。小兜陪我，詫異點解咁得意隨街逗人傾偈。你話呢。萍水相逢，也是緣份，人間歲月閒，填補寂寞嗰條罅，唯付笑談中。

她堅持。（2014/07/16）

我們每周末精彩節目，是入城採購一星期餸菜，慢慢盤算點開餐。

是日，世界盃阿根廷五點開賽，不許佗佻。速速在貨物架轉一圈，蔬菜瓜果凍肉冰鮮雞腿雪糕芝士牛奶乳酪麵包，牙膏洗潔精泰晤士報，遺漏甚麼不打緊了。

中年收銀員斯文淡定，陰聲細氣，問安，我耳背，她笑笑再講多次，你今天好嗎。好，你呢，好少周末咁靜㗎，人人捧住啤酒花生等開波？呵我寧願返工，足球唔啱我，溫布頓好睇得多，擊敗拿度嗰個澳洲小子出局未，梅利不能衛冕真可惜。一邊閒聊未停手。噢，這是甚麼包？她向螢幕查探，左撥右撥。新鮮出爐各款麵包，今天優惠任揀一鎊四個。三個在網上有識別順利嘟過，剩下薏米麥包沒有商品碼掃描機過不了，她不住致歉，彎身從收銀機下的抽屜搜尋一頁頁貨品清單，一再掃查螢幕，擾擾攘攘，不肯算數。

他看了幾趟手表，四點三。二十分鐘回程。整個世界盃賽

事，他下班回來總是錯過，只此一次適逢其會可以睇直播阿根廷，現在一隻麵包磨蹭幾分鐘，跟隊的女子已將餸菜放上輸送帶，呆等，面無表情。收銀員終於按鈴，經理了解究竟，走向麵包櫃根查。再沉不住氣，他詢問，可以入另一隻包數嗎？她急急耍手搖頭，不不不，各款麵包餘數會出錯，連累同事結數差額不好啊。經理回來，優惠一鎊四個，統一計算總結，隨便入哪款都可。當真？她一再澄清。再三致歉，不為其他，只為延遲。原則，她堅持。

晚晴（2014/07/30）

一切從十三年前說起。

上小學，南思與莎菲糖黐豆，排排坐。下課鈴響，大衛來接莎菲，南思獲准尾隨；鍾妮有空，莎菲一道回家，兩小女孩繼續耍樂無憂，形影不離。我們記得那些日子，校門外，一張張活潑的臉孔，衝出來，急不及待，涎著臉苦苦哀求要跟誰一起回家。雙方家長你眼望我眼，取得默契，齊齊扳起臉下不為例，孩子歡呼 love you mum 飛吻掉頭去了，哪管誰人訂下不許串門的老規矩。

那周六，預告的暴風雨橫掃南部，但老天成人之美，村中竟然藍天白雲。我們高舉手中香檳，順應大衛與鍾妮的意思，向南思和莎菲敬酒。穿插人群裡年輕的臉孔，甚是陌生，珍妮在我旁邊指點，基爾杜比查理姬絲亞德格斯蘇菲蘿拉，名字我一一記得，也記得他們當年淘氣佻皮模樣，怎麼忽然長大成人，玉樹臨風亭亭玉立了？

大衛這樣開始祝酒致辭：一切從十三年前說起，我的女兒莎菲和鍾妮的女兒南思是小學同學，校門內外，我與鍾妮打過招呼。

畢業後各散西東，鍾妮移居意大利，兩年前回歸，兩女兒在臉書上相認頻密來往。今年一月，莎菲與我閒話家常，提到鍾妮也喜歡養狗及家庭樂，我問，仍是獨身？她二話不說立刻短訊南思，隨即夾定，牽起紅線。我卻是兩星期後才鼓起勇氣把電郵地址拿到手，the rest is history。

婚姻，是兩人的盟誓承諾。婚禮，在西方，淨是女子的策劃承擔。鍾妮第一次婚姻失敗，單親養育一子一女成人。這趟，南思與莎菲公認雙方父母合拍good for each other，她亦相信緣份來到擋不住，有伴扶持，共看夕陽，已經美好，不稀罕白馬香車豪華婚宴。

請柬，是大衛拍攝他們的家園園景，懇辭賀禮，每人請帶一瓶酒來園遊會，艾氏薯條炸魚外賣車停泊前院供應晚餐。門前籬笆綁上幾隻彩色氣球，花園散放著一捆捆乾草促坐，角落放音響設備，客人隨意翩翩起舞。鄰家小兄妹丹尼與安娜客串侍酒，彬彬有禮，不肯怠慢。二百多名賓客，優游自在，排隊等一客薯條魚，與久別重逢的友人敘舊，乾一杯，賀鍾妮大衛締結良緣。南思與莎菲站在遠處，面帶得色，手拖手，終於成了姐妹。

人間良伴（2014/08/05）

　　漸漸，大家都記住了。按鈴，鍾妮開門，立即要我等等，先去將兩隻寶貝狼狗關入大廳，我們在廚房喝茶。過訪珍，她的貓咪豈肯被困，依舊在廳堂大搖大擺，但牠一有動靜意圖親近我，珍即喝止。是的，我常掛口邊，四隻腳會走動的，千萬拜託別走近。漸漸，大家都記住了。

　　貓狗是人們的朋友，我深信不疑。幾年前健壯的謝菲先生猝然辭世，謝菲太太痛失老伴，無兒無女，跌落淵底，重門深鎖，不肯見人。大家商量，一致通過，找個伴是當前急務。富查先生有一窩小貓、比亞遜太太一窩小狗，還是珍納太太好主意，貓兒自出自入，不如遛狗。初生幼犬送上門，謝菲太太有了伴有精神寄託，又見她拖著愛犬早晚在村上走動，停下來與鄉里聊天。人間存情義，日子容易過。

　　暑假，左鄰右里輪流外遊，有默契互相照顧家居。莉斯一向替我們收信淋花，她們出外，要代餵貓兔，我敬謝不敏，側側膊卸給兩父女執勤，他倆歡天喜地晚飯後齊齊出動。女兒冀望養貓，久不久提起，次次我都閒閒地話，等你有自己地方先啦。

專家話飼養寵物對孩子成長品格培育有益處，我置若罔聞。那個父親先後買了兩隻蜜蜂，本是微波爐脖套，緩解女兒頸痛。大學三年、倫敦二十個月，她如珠如寶，閒來給他們打了兩條圍巾，取了名字，查理、賓頓，並不時造像短訊傳來，扮鬼扮馬，伴她度過成長這段艱苦無告的歷程。有時我故意嚇唬，要沖涼入洗衣機咯；又頸痛，入微波爐啦，她慌忙抱走回頭瞪我一眼。

剛剛，我又裝模作樣一鼓作氣衝出後園，打發那隻鬼鬼祟祟蹲在樹底的黑白肥貓。園中幾棵樹都有鳥巢，今年連蘋果樹也有，村裡那班不安於室的貓隻，不時在園中徘徊，蔽身樹下眈眈然。我見到破碎的蛋，小小的鳥屍，就心疼，一意孤行，不要這樣的友伴。

別說永不。回想當年，只此一次，被珍納太太的約克郡犬馴服。主人訴說，賴皮甚警覺呢，每天晨早遠遠聽到大門關上，立即跳上窗臺不住搖尾，目送我拖著女兒上學。放學經過，適巧在前園，會飛撲出來，女兒立即蹲下拍頭要牠安靜玩耍，我遠遠站著與珍納太太話家常。久而久之，一步一步，我也讓牠繞膝親近。女兒上中學，賴皮十八歲，心臟衰竭，跑不動了，只靜靜地伴在腳下，讓我摸頭掃背。珍納太太徬徨猶豫，獸醫診所來回多轉，終於狠下心。此後，我們收到生日卡聖誕卡，總會懷念賴皮的狗爪簽名。

禍根（2015/01/20）

　　大裝修後，珍的廚房面對馬路，人來人往，不時有人停步，欣賞前院園藝。她毫不領情，村裡隔年夏日開放花園園遊，優游自在參觀交換心得，為啥閒來門前駐足指點？在窗前洗菜，一邊嘀咕，好似動物園咁，還要多等幾年籬笆樹長高，纔有私隱。

　　此地十分重視私隱權。數年前貼鄰松苑入紙申請將花園改建兩座平房，圖則顯示，其中一座車房上蓋平臺，俯視我家後院，老大哥盯著你。諮詢期內我們提出反對，據理力爭控告侵犯私隱（Anti-Social Behaviour Act 2003 —'reasonable enjoyment'of our property being adversely affected），結果勝訴。鄰居退讓，只申建一座房子，落成後遠離後院。

　　我家前院有一列利連柏樹，卅年前建屋時種下，馬路邊十來呎高的籬笆，隔年請人修剪，屏蔽著恬靜的家園，不容省視，沒有珍的煩惱。

　　利連柏樹，堅壯，是最常見的籬笆，專家建議維持六呎以下的高度，每年春夏可以自己修剪整齊。樹本粗生，每年長高三

呎，任意伸展，未知上限，英國目前最高的逾一百三十呎。尋常巷陌，縱是二三十呎，樹大遮陰，長年不見陽光，頓成鄰里的爭端。成千上萬的拗撬，告到官府，Anti-Social Behaviour Act 2005 開始實施，樹超越兩米，市政府有權要求削矮，籬笆的爭執，影響鄰居生活質素，最高罰款一千鎊。

前院那一列樹，前人種下，與左鄰右里一直相安無事。日出，日落。無牽無掛。

五年前，木閘旁邊車道發現小小裂縫，三四吋長，偶有野草冒出頭來我隨手拔掉。然後，裂縫爆出碎石子，破口悄悄擴張，如飯碗大，雛菊偶然來湊興，車子進出，竟不知憐惜。之後兩年冬天極冷，公路路面甚多坑窪，車主叫苦，燕梳加價。珍過訪，裂縫已經橫過車道，她疑惑，是霜雪逼地裂，還是樹根呢？她抬頭看一眼木閘旁邊那列樹。

要解疑團，唯有翻起車道重新鋪設。費用不菲呢，估價後我們並不放在心上，生活總有枝節，分了心。忽然去年初早晨新聞報導，誰家一覺醒來，泊在窗外的車子不見了，推開門，泊車的角落，漏夜無聲無息地，變成三十呎深洞，為安全計，舉家立刻遷出。事件確是嚇人，洗完早餐杯碟我也推開門，目測車道的裂縫，除了橫過接駁兩邊木閘，還多了一條垂直接近家門，杯弓蛇影？我看到是四年忽視的毀損。

珍的裝修師傅人脈廣，推薦專業，去年年中我們商議協定車道重鋪，但人算不如天算，天雨綿綿，工程一而再，再而三拖延，秋去冬來，木閘兩旁裂口開始下陷，逐吋逐吋，每趟車子進出，自己嚇自己，膽戰心驚。上星期蘇格蘭大風雪，竟接來電，確實動工。我連忙電郵知會芳鄰，預告聲浪干擾。彼得和莎莉不約而同提點應當守望相助，樂意借出車道，讓我們泊車能夠出入自如。

連日陰雨，當日竟然天晴，工程如期順利進行，疑團解開，果然是利連柏樹禍根，粗如手臂，瀝青下三十年自由蜿蜒數呎幾及房子，幸好清除及時，抹一額汗。天公也造美，完工後一小時纔滂沱大雨，夜來霜降。

世事沒有如果。

如果。早知。為了今日安樂，還會不會種下禍根，三十年後崩裂？

講錢 (2015/01/27)

大鄉里出城，當年我係。一處鄉村一處例，入境問禁，我知道，但要如實遵行，除了碰幾次釘撞多幾次板，並無速成。

外國朋友唔講錢，人情還人情，數目要分明。珍有一回替我先墊了開會費用，再見面我如數交還，她當面就怪責我粗魯無禮，尚以為不用償還，讓她困窘了。日後才知道，人人財不露眼，要交費用要還債，用信封袋好。

頭一趟與珍外出下午茶，在園藝中心附設咖啡店，自己揀糕點、咖啡茶，然後到櫃台結賬。我搭順風車，原意請客，一起排隊，珍轉過另一櫃台，自己付款，留下我，呆一呆。後來與大家一起茶聚，學會分賬。晚上酒吧圍爐煮酒，有另一套規矩，每人負責一巡，那趟我包尾，大家已酒足飯飽，我唯有全場咖啡侍奉，不拖欠。

露絲結婚發邀請，酒店設宴，原來坐埋一齊自己點菜自己結賬。鍾妮婚前的hen-night 土耳其餐廳飯局也如是，主角亦科款，此地不興羅漢請觀音。當然亦有擺酒請客，除了至親好友，

帖子上聲明，邀請參加禮成後酒會，還是晚宴。人情通常是新人擬定的禮品單上認購，不必費神。

珍離婚後生活一度拮据，有一回無意洩露是月按揭無著落，我存心幫忙，她臉紅耳赤耍手撐頭，我還不知道得罪了。後來細想，果然廿多年與友人言談交往，沒有借貸只有墊交代付下次見面清還，從不涉及生活財困借助。數還數，路還路。不過凡事有例外。首次是老爺突然過世，丈夫立即取消出差法國，急訂機票回港。鬍子約翰聞訊，切切問候需要幫忙機票嗎。次回是公司重組被裁員，珍納太太也是輕輕問我，可有週轉不靈。

我是慢慢醒悟他們的習俗。第一次聽米太太說，十六歲的兒子中五畢業，不升學，也不肯搬走，要付房租，我萬分愕然。之後珍亦要大女兒蓮娜交伙食費，就不奇怪了。他們沒有養兒防老的觀念，子女成年獨立就好。自己老來，靠退休金度日，寬裕的還把將來殯葬事宜籌劃妥當，不要兒孫操心。

人生不是戲（2015/02/20）

　　圖靈傳奇人生，有人說，如一齣戲，搬上大銀幕，讓平常不會接觸到他的生平成就的大眾，認識他。

　　編劇自小已是忠誠粉絲，毛遂自薦，免費完成劇本。華納兄弟接過，舉棋不定，退回。獨立製片，終於，電影拍出來了。去年十一月開始上畫。票房不俗。Golden Globes五項提名、Baftas九項，全部落空。是遇上勁敵？Are you thinking what I am thinking？且拭目以待，尚有奧斯卡八項提名，星期日揭盅。

　　戲劇人生。解碼遊戲。圖靈一生酷愛數學邏輯解迷，「電腦之父」，貢獻和成就在科技界，早已備受推崇確認，毋庸置疑。電影專注二戰期間配合小組破解德國奇謎亂碼，助盟軍速勝，解救無數生靈。行動屬國家機密，宣誓守口如瓶，家眷在內。戰後紀錄被銷毀。豐功偉績，未許論功行賞。

　　劇情虛虛實實。解碼機The Bombe，銀幕上刻意添加浪漫色彩，改名Christopher，懷念故人，朦朧的初戀。1952年，他因性取向、同性戀行為被公審入罪，選擇雌激素注射療法代替牢

獄，祇求可以繼續研究。但雌激素帶來乳房漲大身材變化，困擾和羞辱。解了約的未婚妻鍾過訪，他困惑囁嚅，假若，是一般正常人。

"If you wish you could have been normal, I can promise you, I do not. The world is an infinitely better place precisely because you weren't."

大義凜然，世界正因你不一樣而變得美好。落幕前的金玉良言，可以戰勝黑暗嗎？

人生不是戲。美滿結局不是必然。

歧視。禁忌。傷害。摧毀。

1954 年 6 月 7 日，圖靈自殺身亡。四十一歲，英年早逝。

2009 年 9 月 10 日，三萬簽名請願，促成英國首相布朗為當年英國政府以嚴重猥褻罪名起訴圖靈並入罪，正式在報上公開道歉。

2013 年 12 月 24 日，英女皇伊莉莎白二世特赦將當年不義的判決撤銷。

「圖靈對戰爭與科學的貢獻，應被後人銘記在心。女皇赦免令

所表達的正是對這位傑出人士的敬意。」

（Food for thought：天生性向，何以是罪？何需特赦？寬恕甚麼？）

電影上映多月，終於引起迴響，掀起關注，有人發起向劍橋公爵伉儷及英國政府聯署請願，為歷來如圖靈般受害的四萬九千人平反，洗刷污名還公義。Pardon49k，短短數星期已有四十萬簽名。可是，皇室代言人卻聲稱那是政府事宜，威廉凱蒂不會公開表態。

為人權發聲。路遙遠，漫長。

今時今日，同性婚姻在英國已合法化，同志出櫃，仍然感到為難。記得一月中孖生兄弟阿朗與阿田YouTube錄像致電父親交代嗎？支支吾吾，嗚咽，難以啟齒。一個月內有一千七百萬點擊，十七萬讚，百分之一。禁忌或已打破，顧忌仍然。歧視可能減少，偏見尚存。

解碼遊戲，不要誤會是一部間諜戰爭奇情片，這是一齣警世悲劇，寓意提醒，to right historical wrongs，是大家的責任。

山高不礙雲飛（2015/06/17）

　　幾年內，他已成為超級巨星，舉世聞名。連連獲獎，女王御前表演，蠟像館造像。網台電視台不時重播訪問、演唱會實錄，報章雜誌貼身報導花邊追蹤近況。倫敦南岸、阿姆斯特丹廣場，隨時隨地，賣藝人捧著結他，thinking out loud。

　　七月演唱會近了，又有報導指出，是歷來第一位歌手，單靠小結他，幾首現代情歌自己編寫自彈自唱，輕易銷票填滿三晚溫布萊球場。葡萄酸？

　　成功來得快，但絕不容易。去年出版的自傳有沒有詳述？十七歲中學畢業，孤身倫敦獨闖，友人梳化借宿，人家生日會舞會客廳賣藝。四處與其他樂隊和唱填檔。日子拮据艱難，車房錄製CD，背囊四處販賣，沒氣餒。直闖彼邦天使之城，無依無靠，夜夜尋求open mic。

　　走紅了，人氣急升，被邀上BBC Top Gear，靜靜雞講，呵原來未有車牌第一次揸車。太專注音樂事業，連XBOX都唔識玩呢。如果要買車？恨架Mini。梳撥亂髮，一直由經理人太太剪

理。成名沒離地，依舊鄰家男孩。剛剛在Edmonton開演唱會，周末閒逛HMV遇上音樂學院學生商場籌款演唱，調皮踩場快閃與粉絲唱雙簧，瀟灑離去，現場哄動未靜下來。

當年第一個舞台在中學禮堂。D.T.堂自製結他交功課，也用來表演。老好音樂總監漢尼先生每年策劃兩個大型音樂會，樂隊演奏古典，歌詠團頌唱，亦安插爵士樂民歌，人人有份演出。中五音樂堂，四男四女。稚嫩的羅拉史葛剛剛大學畢業任教，四個男生時時四重唱搗亂：羅拉……史葛……羅拉史葛，教她啼笑皆非。

今日鏡頭前訪問、領獎致辭，言談舉止，溫文有禮，頭頭是道。儘管世界巡迴演出，母校慈善音樂會不缺席。《村聲》月刊行善籌款，印製食譜，點少得the village's famous son。大家打開食譜一看，會心微笑——chicken wrap！齊齊記起當年空堂偷偷潛往村上合作社，次次都買雞卷。

流金歲月。中五畢業舞會，酒酣飯飽，大家投票選舉「most likely」，有相為證，他是大家公認的「most likely to become famous」。

何處覓蓬萊（2015/09/08）

理想。你想。

如果沒有戰亂。如果沒有迫害。如果沒有鎮壓。如果，天下太平，國泰民安。

如果不幸，天災橫禍，鄰里守望相助度困厄。

如果歷來沒有朦朧的嚮往，離鄉別井，追尋美麗新世界。如果像樹盤根，堅守腳下土地，五代同堂白髮齊。

真箇癡人說夢。

這世上，從來，沒有如果。沒有烏托邦。沒有香格里拉。

每一代有每一代的流徙。平民百姓，追求，一生自由言說，兩餐安樂茶飯。不為過。

連月佔據頭條是自二戰以來歐洲最大的難民潮。難民堵塞封閉英法海底隧道；匈牙利加建百哩長十三呎高邊境圍牆；地中海難民船隻覆沉；奧地利路邊棄車眾亡；人口販賣的哀歌，沸沸揚

揚。聞者心酸，見者悲憫。

剛剛電視閃現畫面，匍匐爬過鐵網的小女孩，臉容疲累，有否惦念課堂唱遊伏案翻書？緊緊牽手的母親思憶几明案淨炊煙裊裊？怒海覆亡的男子，曾經春風化雨作育英才？貨車窒息的青年，可有美麗好姑娘待在閨中等候？

更多家散人亡。視死如歸上路，但願重建新生，掌握未來。

劫後餘生，甚麼等在前面？滯留難民營三五七年？從前一切艱苦成就一筆勾銷？青年對記者坦白，嘗試逃離不遂，可有書本相贈，消磨漫長日子。

歐洲各國慌忙急切管轄邊境加建圍欄限制入境配額。民間微弱抗議的聲音，你可以來，別搶我的飯碗。可是厭惡性勞工無人問津，只有黑工不見天日受盡各方壓榨剝削虐待。

千山萬水，何處覓蓬萊？

二十歲敘利亞女子路雅，泣別寡母，經土耳其希臘輾轉北上，目的地瑞典哥德堡。原則上所有難民進入第一個國境必需登記打指模，開始申請庇護程序。路雅經歷八國二千五百哩躲避警察驚險艱辛，沿途放下買路錢，一站一站，最後火車離開丹麥進入瑞典，如夢如幻，她咧嘴笑，果真到埗了？找到鄰近的警署，

重複練習預備的訴求，我是來自敘利亞的難民，申請尋求瑞典庇護。

倖還者。

自今年初，已有卅五萬人投奔怒海，在地中海覆亡超過二千六百。誰看見數字背後的哀鴻遍野。他們流落布達佩斯火車站，維也納，慕尼黑，加里。前途仍然未卜，命運無從掌握。各國頻開緊急會議，未達共識。報館電視臺各地現場直擊報導，將流離失所的傷痛坎坷送到眼前。

也見人性的光輝。德國奧國冰島的當地居民，自發送出糧食暖意。無數家庭響應網上呼召，Refugees Welcome，樂意打開大門歡迎，讓出房間照顧。一百四十架民間組成的志願車隊，從維也納出發，往布達佩斯接載，「我們都是人，沒有誰是非法」。相對下，英國反應異常冷淡，直至報張頭條紅色大字刊登父親的哀告，「冀亡兒改變世界」，促使電臺節目紛紛議論，聽眾來話各持己見。有人後園有地方可以收容一家大小。另外有反對的聲音，憤憤不平，約見醫生要輪候五星期，醫療社會服務資源榨乾，自顧不暇，何以慈悲。

這世世代代的流離失所，一小時節目如何理出頭緒呢？

人離鄉賤，即使找到落腳處，如何重新安身立命呢？

你想，已有醒覺，有人踏出第一步，開放家門。

理想，縱然癡人說夢。

大開心門，容納異見，邁向和平共存。有一天。有這麼一天……

年齡只是一個數字 （2015/10/20）

　　那些年暴飲暴食，比提鍾絲二百三十八磅，醫生宣言，必先減肥纔可以做心臟手術。她已經行動不便不能接送孫兒上學，甚為沮喪。當頭棒喝，的起心肝，注意飲食，堅持運動，上游泳班。終於今年八月，成為年度瘦身纖體冠軍，風頭無兩。報章花邊頭條、電視頻密出鏡、電臺訪談，成功減掉近百磅，娓娓道來，現在輕巧得多了，仍然堅持一星期五天上健身房，繼續游泳班，報讀了裁剪、餅藝及健康飲食課程，日子排得滿滿。

　　比提鍾絲今年九十二歲了。電視主持問，Bucket list上還有甚麼呀？她笑眯眯，一直想揸車。半世紀前曾經申領五次臨時執照，成頭家要顧，從未有機會正式學習。有心唔怕遲，上星期一，記者鏡頭追隨下，比提戰戰兢兢跟教車師傅在停車場上了一堂，兜了一轉，達成心願。

　　新聞我是在網上讀到的，比提鍾絲表示，不是甚麼有志者事竟成的模範啊，不過讓大家明白，年齡，只是一個數字呢。

　　這個我明白。

珍納太太剛才來電，安樂晒，終於了卻一椿心事。自她搬遷後，她不用電腦，我們只有電話聯絡，互相問候，她一直沒有提及，甚麼心事。月前在超級市場碰見諾瑪，是她憂心忡忡無意中向我洩露的。珍納太太已經七十五，四年前在浴缸滑倒，傷及肩背手腕，兩次手術，困擾了一大段日子，之後又有甲狀腺瘤虛驚，我們怎曉得她年初主動接觸醫院，要捐腎救人呢。

　　珍納太太善心，當年村裡無人不知。她一向助人為樂，定時去替患了MS的瑪茜亞打理家務順便傾聽東家長西家短；陪伴寡居的朵蓮散心並齊齊商議安排戲迷俱樂部活動；與嘉露每月兩趟照顧唐氏症小童騎馬。她說，我們這一代，幼承庭訓，即使坐下來，也要編織刺繡不可閒著的。

　　去年讀報得悉一青年長久等待換腎的苦痛，失救後一家人的撕心裂肺，珍納人人默默記下她的遺願清單。

　　諾瑪嘆一口氣，救人一命，固然是好事，但這把年紀，她搖搖頭，欲言又止，唉，我自私，如果是親人，又另當別論，是不是。是不是。我們都擔心不已，知道所有檢驗測試已經通過，只等電話通知，有需要的合適病人。

　　就是這把年紀，纔趕緊多做一點事，不是嗎？七月中電話來了，最年老的捐腎者，醫院轉來致謝卡片，告知是四十歲男病

人，將有新生。

年齡只是一個數字，92，75，老而彌堅。

再寫一頁歷史（2015/11/30）

　　戴維斯杯，國家隊網球世界盃，一年一度，分別四個長周末（五、六、日）在各國場地舉行，賽事由頭輪進入十六強、八強、四強、決賽。各國隊伍自然是首席種子球員組成，除非有傷患未能成行。這是非常理所當然籠統概括，歷年來曾經有個人理由抗議拒絕出賽，這裡且按下不表。

　　二〇一五年，共有一百廿六隊參賽。英國隊頭三輪賽事都有主場之利，首先3-2擊敗美國，隨而3-1退法國，在格斯哥贏澳洲3-2的時候，暗地裡冀望阿根廷勝比利時，再度主場迎戰。事與願違，比利時勝出，選擇泥地賽，圖挫英國銳氣。

　　因巴黎恐襲，比利時安全警戒維持次高級別。前頭號種子添漢文因此取消與家人到現場支持，寧可電視機前助陣。英國隊亦小心轉乘私用專機抵達。啦啦隊沒有退縮，大鑼大鼓喇叭號角隨團。Life goes on。

　　這個周末，我小病是福，抱攬棉被在梳化緊貼三天賽事。我當然知道自己的忠誠擁護值得質疑商榷。一直以來，任何賽事，

只要有華人臉孔，不問情由，就撐。桌球如是。網球如是。當年追隨張德培戰果，經常緊張得心跳出來。李娜呢如果她專心比賽不在中場用家鄉話護罵教練，也會不住打氣。除此之外，就會得站在米字旗那邊。

這場決賽，眾矢之的一再落在安迪梅利身上。他已經替國人捧來期待了七十七年的溫布頓杯，此趟，可以一償宿願嗎？上回是一九三六年呢。

決勝負，是四場單打一場雙打。梅利堅持連續三日出戰。體力、智力、毅力、自信，都用上了。

首日單打，1-1。次日雙打，英國2-1。評述員有點沾沾自喜了。

周日單打終於贏了，梅利蹲縮倒臥泥地，雙手掩面不置信。隊長隊友衝出來壓在他身上，歡呼雀躍。他忽然從人叢中爬起來，留下愕然的隊友。他跑向比利時隊，先與對手擁抱，再和隊長拍背，逐一與隊員擊掌。勝利未沖昏頭腦，惺惺相惜，他記得運動員間的互相尊重。之後，他繞回到隊友身邊，齊齊慶功。

梅利再寫一頁歷史，那座三呎七吋高二百三十一磅重的戴維斯杯，終於在七十九年後回到英國手上，谷歌今天的頁面主題，亦在尼斯湖鋪上蘇格蘭旗，水怪半浮半沉，記得棟篤笑匠歷年的揶揄，你話算是攞景定贈慶呢？

Dear Santa······ (2015/12/27)

Dear Santa,

我知道我今年好乖，不過，我未知道想要乜嘢禮物，不如你同我揀啦。

你如果要用洗手間，推開樓梯口第一道門就是，小心不要踢倒洗衣籃。

好鍾意媽咪焗嘅 mince pies，我食埋你嗰個，留番杯奶同一條紅蘿蔔畀你。

Love,

妮妲莉（A Girl）xxx

夏文太太大掃除，文件櫃翻出女兒的天真童稚。妮妲莉今年廿二歲，廣告創作畢業年半，猶待業在家。偶然接一兩份散工，未夠糊口，靠父母接濟。漸漸，跌落陰暗憂鬱的深淵，倚靠藥物控制情緒，日日不要起床。這母親思前，想後，當堂眼濕濕。

我們的鄰居六月（2016/03/26）

她的名字，叫六月，究竟是六月出生，還是因為，眾神之后桂冠掌管婚姻蓮花權杖，大家不得而知。至於她的姓氏，更加茫無頭緒。印象中有一趟郵差錯派，查看姓名地址，沒牢記即將信件送還。我去敲門，她掀開窗簾遲疑張望，稍後從橫門出來接收謝過。大門一直沒有打開。

六月是我們的鄰居，我們不是好友。我們，是村尾這角落的幾家人。隔籬鄰舍，友善和睦，有事互相照應，並不刻意親近。在路上碰見，相請不如偶遇，來舍下喝杯茶，有來，有往。唯有六月不喜客，大家未曾往還過訪。

她獨身，獨處，獨來獨往。五十年代定居下來，村上許多興趣小組，草地滾球、園藝、電影欣賞、社交舞，統統不見參與。婦女會每月烘餅茶敘，久不久咖啡早晨慈善籌款，亦見不到她蹤影。唯一例外，老栢加太太健在的時候，六月時不時串門。

珍納太太被六月園中貼近房子拔地參天的老樹弄得寢食不安，夜來風聲怒號，擔驚受怕有日塌屋斷瓦，輾轉不成眠。三番四

次低聲下氣與六月商討，願意支付費用，一再表明，並非連根拔起，只是斬枝削幹，解除險境，但求心安。可六月堅決反對，唔聽講冇彎轉。珍納太太無奈搬離。大衛遷入，連夜暴雨相連的欄柵倒塌，六月一口拒絕科款公平分擔維修。

筆下，是不是，替六月這樣子造像，沉默孤僻，離群索居？

是。不是。且待我話說從頭。

十八年前，我們從南部北遷，夏日午後，六月在前院剪草，我推門出去倒垃圾，她急急停下剪草機，跑過來，站在我家門外，一輪嘴。盤問直接，你們從那裡來、你是中國人還是日本人、你在哪兒學英文、你思考用中文還是英文？我愕然不知所對，當堂呆住。後來與老栢加太太熟絡了，她哈哈大笑，這六月，退了休，仍有火。記得那年她還在市政府負責選民登記，有天下班怒氣沖沖衝進來，義正詞嚴訓一頓話，擾攘一番，纔弄清楚，原來栢加闔府尚未交回填妥的登記表格。真是呢。

又一個陽光普照的下午，學校傳來手風琴音，學生在操場排練五月花柱舞，預備夏日園遊會表演。我在前院除野草，六月匆匆過來，一臉不悅，這噪音呀年年重複，都不怕悶壞人，你不是家長會秘書嗎，速向校長抗議替街坊鄰里著想吓啦。

六月如何得知家長會事宜？哪裡打聽到村內誰跟誰鬧翻？大

家只見她踏單車獨來獨往，乘搭巴士把手提包橫放從來不讓別人伴坐身旁。有時候我在她後座，她寧可別轉頭來不停打話，雞啄唔斷。這六月，彷彿聽到老柏加太太笑說，真有她的。

老栢加太太辭世多年，六月前院依舊打理整齊，有人經過仍然被遞住街頭閒話，可是她已不大外出了。大家並不為意，直至數月前，忽爾雜草叢生，是何事故？一個周六午後我們買菜回來，伯里先生在六月前院徘徊探視，踱步過來，問及她近況。我們所知不多，六月大概病後，瘦了一個圈，要靠拐杖助步，逢星期四有的士接送上市場。我不過偶爾幫手推回垃圾桶。隨後，前院恢復整齊企理過冬。有天希凡先生幼子阿屈踏單車經過，回家向父親報告，六月前門有第二瓶鮮奶還未入屋呢，希凡先生立即前往拍門，警報誤鳴。

星期四晨早莉坦沿村派送區報，轉告，六月原來入了醫院，甚麼時候，哪間醫院，隔籬左右完全不察覺不知情。人間聯繫，雞犬相聞，這麼近，那麼遠。

惜別 (2016/04/06)

　　羅賓的殯葬事宜，她自己老早籌劃定當，密封兩個公文袋，一個盛載文件詳列殯儀安排、費用付訖收據，一個藏有字條規定喪禮詩篇經文。女兒莉斯從抽屜翻出來，依循意願辦事。

　　羅賓九十有三，嬌小身材，行動已緩慢。每早莉斯服侍起床梳洗戴妥助聽器，她便自己煲水沖茶預備早餐。忘記冚茶煲蓋，水沸後蒸氣瀰漫廚房那時侯會揚聲呼喊，人來幫忙開窗啊。那星期我與莉斯在飯桌攤開社團的年結數簿埋頭埋腦平衡收支，日光日白燈光火著，羅賓踱入來，瞄兩眼，啪，閂了燈，又施施然回房間去。我們若無其事繼續在電腦上搬弄數字。

　　莉斯說，走下坡了。近日經常失手，杯杯碟碟嘭又一隻。有兩回成碗麥皮滑手倒落胸前，幸好沒燙著。孫女珍芙五月結婚，派出請帖訂定禮堂，大家輪流哄著羅賓，買帽子置新衣咯，可是她不為所動，彷彿早已心裡有數。

　　在醫院兩日兩夜莉斯寸步不離，羅賓清醒後一起唱詩歌，最後，握住女兒的手，細細說深深話，莉斯，let me go。

夏文太太來電，要順風車去喪禮嗎。她知道我眼患之後不宜駕駛。說到羅賓，大家都禁不住開懷，she's a great character。認得每戶人家，碰面必然問候各人安好。夏文太太問，有冇講過你聽，早年大裝修，全屋翻新，搬回來不久，羅賓串門，直入廳堂，要睇吓六個月變咗啲乜嘢出嚟，非常興奮一邊巡視一邊十萬個為甚麼。又試過，門鈴價天響，羅賓十萬火急，我啲果樹豐收，我要jam jars！夏文太太領命匆忙在廚房角落四處搜羅，平時儲起洗淨的空瓶子。日後，果醬當然人人有份。

連日風風雨雨，停電水淹。喪禮當天，竟然放晴回暖。小禮堂坐滿了，遲到的端站在後頭。羅賓一早挑選了，詩篇91，莉斯與女兒姪兒輪流朗讀，住在至高者隱密處的，必住在全能者的蔭下；哥林前書十三章四節，大姐潔文誦念。愛是恆久忍耐，又有恩慈。羅賓上壽，四代同堂，知足常樂，大家齊來惜別，可是喜喪。

I AM : Invictus（2016/05/11）

　　二〇一六年五月八日，鏡頭前，CBS女主播婉轉溫柔話，美國，今天，慶祝母親節。婉轉，不言而喻，英國的節日不在五月第二個星期日。溫柔，或許怕觸及傷痛，但輕輕提問，你可以想像母親對於這次成就有甚麼感想嗎？他沒有支吾，爽快回話。對亡母的記憶漸漸淡忘是往後在其他訪問中透露的。

　　他爽快回話，我們與身心受創傷的退伍軍人聯手共同推展這個運動會，憑靠強大團隊支撐，得到力量。我希望，母親會感到非常驕傲。我希望，她就坐在後面那角落吶喊助威。我希望，她也在場內同我 齊四圍搗蛋。她會的，他笑著說。I'd love it if mum were here。

　　十二歲喪母，他的青春期叛逆，封號「野孩子」。言行舉止過份失檢那刻，總有鏡頭對準，小報爭先恐後加鹽加醋。一而再再而三，得向公眾致歉。他無心向學，兩科 A Level 及格，僅僅符合軍校錄取要求。畢業後，安管措施，伊拉克服役被取消。一貫毛躁，冇可能我挺完嚴厲軍訓然後屁股磨在家而弟兄們出戰，他抗議，無效。日後，終於得到同袍同澤出生入死的經歷，

服役十年退伍。

轉眼三十二歲了。這個鏡頭前，他嚴詞譴責，每一個人都有私隱權，可惜那條劃分公眾人物與個人的界線漸次不存在了。他完全明白自己肩負的責任，立志餘生致力贏取含銀匙出生的身份得來的殊榮，轉移焦點在有意義的理想目標上努力，大家別再針對我的私生活了。

他記得，阿富汗改變他人生觀。第一次退役回國與三名重傷彌留士兵同機，親眼目睹感受到他們的忘我犧牲。他們，是個人與其家庭，不管是否相信出師有名，一旦從軍了，宣誓盡忠報國。戰場上奮勇殉難者，姓名刻在紀念碑上，每年舉行莊嚴肅穆的紀念儀式，人民沒有忘記。

其他退伍軍人呢？傷創在身體上的、心靈上的，回家後，大家好嗎？

截肢殘障，創傷後遺心理壓力，生活方式重新適應，談何容易。他醒覺社會上支援不足，反覆自問，如何讓大眾看得見認同退伍軍人的成就而不是給予同情憐憫？

苦練競賽，勵志療癒。

Invictus Games，念頭由此衍生。坐言起行，創立Invictus

Games Foundation，2014 年首度在倫敦舉行競賽。今年移師美國佛羅里達 Orlando，十五國五百選手參賽。十項競技：箭術、室內賽艇、舉重、公路單車、坐式排球、游泳、田徑、輪椅籃球、輪椅欖球、輪椅網球。

他頻頻撲撲，在幕前推廣接受訪問，邀請明星名人錄像宣傳。在幕後與參賽選手打氣，不屈不撓，永不言敗。還有甚麼可以做呢？他要求 Choirmaster Gareth Malone 八星期內組成退伍軍人合唱團在開幕典禮演出。

馬隆先生知名度十年下來已經家傳戶曉，他不停接受挑戰，將歌詠平民普及化。Boys don't Sing；Unsung Town；Military Wives；Sing While You Work，是歷年來 BBC 受歡迎節目，有合唱團 CD 還上流行榜首呢。但這一趟，是挑戰難度最高，卻又是最鼓舞人心的。音樂同樣小有療效。團員之一愛麗遜退役有後遺症，六年來禁錮自己，不曾獨自踏出家門，避無可避那時候必須親人陪同。第一天排練大家到齊，她遲到，她自己駕車來了。

每個人有每個人自己的傷疤，故事動人心弦，但這美國選手點出許多同袍的絕望：在參賽之前，我天天活在回憶中。我認為自己的生命已經了結，我不過在等末日來臨。我沮喪我完全沒有能力一如往昔處理簡單日常生活。但這趟參與讓我知道，my game has just begun。這個運動會展示給全世界知道，我們仍有所作為。

2017 年是他的母親逝世二十周年，二王子樂見第三屆運動會九月將在多倫多舉行。I'd love it if mum were here。

*INVICTUS GAMES　Orlando 2016 May 8-12

Invictus Games, a tournament for injured service personnel and veterans, aid in holistic healing throughout the recovery and rehabilitation process : mentally, emotionally, spiritually, physically and socially.

雨過天未青（2016/06/25）

一覺醒來，收到女兒短訊：「What an unpleasant surprise！」

今早藍天白雲，陽光普照，完全沒有天翻地覆的跡象。

變幻原是永恆。昨天的天氣極端惡劣，倫敦及東南部暴雨成災，交通癱瘓，水淹數座城市，幾個脫歐公投的投票站或關閉或遷移。有年邁的長者表示，不會外出了。行動不便的鄰居亦點頭同意。

滂沱大雨，我們不要放棄公民權利，冒險開車出門。真險啊！路上積水，雨大，不見前方，蟻行。斜坡水流湍急，到達鄉公所，門外八九吋水深，涉水過去，戰戰兢兢。未想過回頭後退，投了票，可以安心。

晚上十時收集點票，臨睡前，新聞報導仍然對留歐保持樂觀。

一覺醒來，雨停了。政治風暴纔翻起。

二〇一六年六月廿四日，歷史必會記住。51.9%支持脫歐險勝，全國一半人高興一半人掉落深淵。首相金馬倫輸了承擔後

果十月離任。英鎊股市狂跌。一串串連鎖反應，波及全球經濟政治走向。蘇格蘭將考慮二次獨立公投。要求倫敦市獨立的請願簽呈亦已過十萬人次。

年輕人尤其覺得沮喪，感到被出賣。他們嚮往遼闊的大地，發展的空間。75%廿四歲以下的選擇留歐，61%六十五歲以上卻贊成脫歐。被視為自私的老一輩，依戀昔日光輝歲月麼？竟剝奪了兒孫能夠在二十七個歐盟國家生活交友交流和工作的機會。嘿你們的退休基金一個上午已跌值十分一睇老來點安樂。怒出惡言。嗨後生小輩，稍安勿躁，十八至廿五歲群組只有四分一走出來投票，淨係責難長者？

廿四小時內，撕裂的不單止是一個國家一個聯盟，許多家庭都內訌了。臉書上沸沸揚揚，朋友亦因意見分歧鬧翻。街頭有青年群黨聚集，向經過的穆斯林女子高聲叫囂：「get out, we voted LEAVE」。憂患的時代，種族歧視合法化？有這樣的恐慌。

驚濤駭浪，前路茫茫，有許多人後悔錯投，以為自己小薯頭一票不重要不算數。有人立即發起聯署，根據條例，少於四份三投票率，去或留都需要60%才作勝算，應推動二次脫歐公投。一日之內，已經超過五十萬簽名，五倍指定人數有多，國會要有所反應。靜候。

年輕人的即時反應，Plan B for my life。一個保加利亞來了十年的HIV專家醫生表態，他們仍要重用我的專長，但此趟被褫奪投票權利我為甚麼留低？匈牙利籍的設計師，決定四個星期後回鄉去。

女兒整個晚上憤憤不平，瞄過相關資訊，厭惡卸責指控言論，氣結脫歐勝利者發出NHS撥款承諾的反悔，恥笑幼稚魯莽胡扯，迷惘波濤洶湧前途。短訊來回，我們抒發氣悶。忽然間她靜下來。訊息重拾，她說，剛上線查看，Express Entry Programme，加拿大原來接納廚師為Skilled Worker，但先要通過語言測試。妳考英文？我們笑答，一件餅啦。不過，特朗普選上，申請必將排山倒海去。

物價高漲，生活指數攀升，日子艱難，還是要過的，莫怪有人問，仍舊可以參加歐洲歌唱大賽嗎？又有懷疑，那麼，歐洲盃呢？

大時代，女兒悟出，也許這是給大家一個教訓，人人需要對自己的抉擇負責。眼前，陰霾密佈，就看著走好了。

牙齒當金使（2016/08/18）

　　那房間，據舊主人說，原先是車房，正中掛牆的大木箱打開是電錶箱總掣，每季電力公司派員抄錶確定用度收費。因太太病情需要，所以申請改建為睡房，搬移電錶工程繁瑣費用昂貴，礙眼的大木箱日久習慣便視而不見了。

　　我們接手後是女兒的遊戲室，她的玩具不可離開房門半步，還要自己會得收拾整齊，有玩伴來訪聽得到她十分權威煞有介事宣布守則。後來開始上鋼琴小提琴課，又成了音樂練習房，每朝早自動自覺六點起床，彈完琴食早餐返學。如此有規律其實都拉扯一大輪嘥唔少氣。終於坐下來，傾妥，每天按老師規定時間完成練習，這個母親唔再講哦文，她放學回來有得安坐電視機前。我們牙齒當金使，相安無事，又幾年。

　　大學離家三年，那房間閒置著，於是，舊電視電腦未知如何處置，隨手就轉移入去。大學畢業後，書本像傢俬雜物，全部送回來，順理成章自此成為雜物房，寸步難移。我眼不見為乾淨，掩上房門算了，不必打掃。

　　久不久，那個父親抖唥大氣，推開門，鑽入去清掃牆角蛛網

壁上霉斑。一輪勞動後坐低捧住杯紅酒又心思思，興致勃勃，執屋、執屋，畀番間房我砌模型學習水彩畫。瞓醒一覺冇咗回事。

日子這樣過。有一天忽然驚覺，除草兩三個鐘腰板直不起來，上落樓梯膝蓋痛，果然需要認真考慮商量，一直拖拉好幾年的話題，downsizing。迴避問題原因有二，一是村屋雖大價值偏低，恐怕替換不來市區內交通方便設施完善一層兩房一廳；二是蝸居十幾年儲存的雜物，觸目皆是。大掃除，諗起頭都痛，得個講字，拖得就拖，即使有訪客留宿，都係的唔起心肝，讓出女兒房間來待客算了。

嘩，開場白到呢度，而家入正題啦。

上周六正午，一對中年夫婦送網購書來，倒車砰一聲巨響撞凹外牆，留下一個十二吋大圓環裂縫，我開門察看，他倆連連致歉，願意承擔責任，喚人來修葺。可是難題來了，如何檢查雜物房內牆有否受損？人算不如天算，這一趟，卒之，避無可避，終於不得已，假日大掃除。做到隻積咁，都只能疏導出一條通道，埋到牆邊看看究竟。

事發當時，我們交換聯絡電話地址，客客氣氣寒暄一陣。他們原來住在鄰村，一星期速遞六日，禮拜休息。日前被人撞扁

車門待更換，今趟輪到自己失魂，惡運頻頻啊，these things happen。我安慰，別愁別愁，fingers crossed，霉頭到此為止。臨別他們答允聯絡相熟三行師傅，下星期來電確實工程。我對住裂牆無妄災，記得拍照存證。

丈夫當日放工回來一看，倒抽口氣，然後聽見他喃喃自語，don't stress don't stress，無謂傷神，同意由得他們善後，午飯後照常出發買菜去。

與夏文太太提及，她星期一下午趕過來查察敲打，相信是表面外皮碰裂，未及磚牆。但她切切問是否燕梳賠償，繼而再三叮嚀，小心 cowboy builder。立下我信心動搖，開始焦慮，胡思亂想。真是，無憑無據，如果，食言逃之夭夭？我這個小信的女子，一邊責怪自己疏忽大意，當日未有記錄車牌號碼，一邊暗暗冀望，誠信，在人間仍未曾完全失落。

星期三了，音訊杳然，好不好，好，不好，主動搖電話去探探呢。正在十五十六，中午，他們送貨經過停下，詢問，明天三點與師傅一起來，方便嗎。

今天星期四，三點正，來敲門，守時守信。就這樣，牙齒當金使。

詩

側影

縱然
信念遙遠
仍緊緊牽繫著
就好

久不久
還有字開花
在部落格
頁廿六廿七的文集
堅持　珍惜
文字
牽繫
不放手

（一）歲月留痕

心底話（2015/10/07）

我和我的文字
私自立下默契
這裡當然不與你說

字裡行間
由得你朗讀
眉間歲月
春雷夏雨秋風冬雪
潺潺簾外
我燈前抱膝
影子管自靜靜憑靠
揣測心事

緬懷（2012/12/19）

這雨天
撐開
懷想中黃色紙傘
眼前風風雨雨
一一擋去

（是你，在背後喚我麼。）

懷想中黃色紙傘
靜靜地
待在山頂小店
幽暗的角落
靜靜地等
我輕輕拿起
悄悄放下
一段鬱結
一生猶豫

（回頭，是你在喚我。）

黃色紙傘
怯怯地
留在我的懷想中
你不必知道

滂沱大雨
沾一身衣濕

（別後，你有沒有記起我呢。）

等到鬱金香花開的時候 （2013/02/12）

滿簾窗紗
都要輕輕話別了
心上結一朵
分飛
蝴蝶
誰又立窗前
誰在窗外漸行漸遠

　　足印的記憶
　　太陽最愛收藏
　　最愛
　　冰雪聰明
　　從不追問
　　花甚麼時候開
　　開在誰家窗扉

等到雪花開遍

心上的時候
切切記住
一則迷信
上樓梯

惦掛著

一個人

相聚的日子

便近了

風雨同路（2013/04/10）

執手

有約

簽訂

終身

不離

不棄

共進

共退

將手和信任交給

右邊的人

溫柔而肯定

扶持擋住一切路旁的驚惶

還有長長的路要走

並肩是多麼難得

多麼需要

相互遷就體諒

一把傘

風大　　雨大

各自半邊衣濕

默契是靜靜藏在心中的鏡子
照得見　　歲月無聲

長長的歲月長長的路
多麼需要
相互遷就體諒
多麼需要
安全恬定的空間
躲開肩碰肩的摩擦和傷害

不要埋怨
由得我
有時候
落後跟隨
歡喜看見
你仍然走在右邊
守護著
不驚動
女兒長大
我們老去

夏日。活在當下 （2013/08/07）

竟已八月麼
風雷雨雹絮絮聒聒
不要眨眼不要
眨眼
噢
又錯過夏日

如果有天
再見
綠草如茵繁化
滿園綻放
不要怔怔不要
回頭望
猜想
錯過了
那些

這些
曾經

看
蝴蝶輕吻
搖曳風中
一樹紫花醉魚草
蜂媒有伴

關於那個錯過英國夏天的溫馨提示（2013/08/13）

言之鑿鑿

別眨眼別眨眼別眨眼

久久凝望

雲天幻變

日子漸冉纏縛成繭

立秋剛過

夏天果真悄悄

蝶變飛走

也不去追究來過沒有

舊毛衣洗淨

長年累月

隨手搭掛椅背

有時也要

暖一暖陌地淒冷瑟縮的生涯

無眠 （2013/09/14）

我在網上搜尋
捷徑
往返
舊時日子

惦掛是年輕的事情
年月我善忘
轉頭
記不起
從您夢中回來的迂迴曲折

秋雨
淅淅瀝瀝
窗外
思念錯落流散

甚麼時候纔天亮呢

寒來暑往（2013/11/08）

記得

呼朋喚友連名帶姓
年月真摯如珠如貝如在眼前

流逝的青春
低低切切召集我們
遠來聚首

啊情怯呢
重逢好似初相識
握握手點點頭
眉間風霜鑄就

喝口茶吧
雲淡風清
我們當中有伴先離去
齊齊舉杯遙敬
一路好走

這把年紀
漸漸有人
不告而別
能見一次便一次
不推搪不怠慢
有緣相聚且聚

茶冷了
點點頭揮揮手
輕輕相約
後會有期
大家東西各散
記得此生善緣
有天再見再見

時日如輪（2014/01/04）

都知道你喜歡

熱鬧

人來人往

由東至西

由西至東

電車上

看城市霓虹的燈色

「我們與昨天碰個滿懷

卻怎也想不起今天」

臉書上

闢了小小角落

人來人往

天天 喝一口茶

你猜猜

是誰

努力地一隻一隻方塊字
細認
細認年輕的你
「日影漸移

雲塊遮蔭令我們有更涼快的時光」

思人　也詩
流浪的句子
停留在書店的玻璃上
人來人往
都知道你喜歡
熱鬧

時日如輪
沒有開始
沒有終結
沒有離開

怎樣去說和好如初這回事 (2014/04/06)

執拗

芝麻綠豆

雞毛蒜皮

拚拚

碰碰

生活這般不如意太陽依舊升起來

沒有甚麼好說了

都不說話了

太陽依舊升起來空氣還是那麼冷冽

心是不是不再流動的水

佇候著誰

先記起原來曾經親愛過

伸手言和

有裂痕的杯子

還可以盛載

恆久忍耐

久不久

纔滲出一點淚來

如此邂逅（2014/05/20）

一個照面　幾乎打翻了茶　慌張低頭　大氣不透
曾經偷偷想像幾遍　會在那角落重見

廿幾卅年　不曾留住青春　不曾留住　既往
失驚無神在眼前　點算

喝一口茶　啞然失笑　網上漫遊　人家臉書相冊
竟然瞥見　舊時人面

惆悵　再見不是相見　爭如不見　急急離線
「墜花湮　湮沒一朝風漣」

錯過（2014/09/07）

東方已入夜
倘有夢走向我來
走到西邊我這兒來　正正大白天
我不會知道　這個夢中有你嗎

天若有情　月如無恨
舉頭望　你已經看見了
我仍在等
入夜

夢中有你嗎
年輕的你　今天的你
久別
迎面而來　擦身而過

若得長圓
如此夜
浮雲遮
沒有話說

老來（2015/01/12）

年月指間皺摺
關節痛那時候
雙手捧一杯茶
顫顫巍巍
依然濺濕衫袖

還有甚麼心事
一點都不記起
粉蝶拍翼
誰說不是
飛蚊眼前戲弄頑耍

成長的路（2015/01/26）

因愛
放手

我們
都是這樣
讓孩子
長大

自
立

因愛
回來

寂寞無行路 （2015/02/09）

為甚麼
要有伴呢
有時候
獨自是那麼疲憊

結伴
圖驅散
寂寞

人群裡
客套
無言

紆鬱（2015/05/04）

原來諾言是樹上纍纍的青果

等待叫人
悒悒

月是故鄉明（2015/09/21）

月光光
抬頭望
跟隨我
這邊走
那邊走
不知道
為甚麼

爸爸話
讀書少
唔識答
柚皮燈籠小心拖

在他鄉
獨自看
窗前月
這扇窗

那扇窗

清冷地

徘徊上

不知道

為甚麼

我掛住

媽媽燜柚皮甘香

愛是（2015/10/23）

相遇
相識
相約
相見
相聚
相信
相知
相敬
相愛
相看
兩不厭

愛
需要
你

出現

阿媽（2015/11/24）

阿媽記得
自己今年八十七
困卧在床
不絕發號施令
監察眾人出入

阿媽仲記得
陳年往事婆媳怨懟欺凌刻薄
幾十年來
呻到樹葉落
唉
喈喈講完
轉頭又問
喺咪去飲茶
啲人返齊嗎
喺咪去飲茶

返齊人了嗎
喺咪去飲茶
問完又問
最好當然淨係。長氣
想老人院唔收您

梅破知春近 (2016/02/08)

去國十年老盡少年心

歲月磨蹭慣
而轉眼將近三十年
而從來沒有見過
梅花
一闋詞　無端
勾起藏匿的鄉愁
沒有雪踏
兩岸相隔六千哩
年宵花市
可還有暗香
盈袖

後院
冬至當天
一小球洋水仙

冒出頭來開花了

孤零零　荏弱

是被蒙騙

抑或受戲弄呢

風急天暗趕來作甚

沒有梅花即使沒有

牽念

卻有雪花蓮仍然等到春來開

遍

山有木兮木有枝（2016/04/22）

不再流動的水
在心上
月滿那時候
照見
遠山
樹影
你還是不相信愛情來過

忌諱（2016/05/14）

點會咁迷信，有一個字，從來忌諱，不准＿！不許＿！不要＿！
冇人教話，可以躀口水講過。

自小就要我，活千百萬年，給她老來做伴。她以為我，打點柴
米油鹽洗衫疊被，收埋秘笈修練。

晨早來急電，哀傷聲顫，噩夢驚醒，滿頭大汗。您怎麼病重了，
我不在您身邊。

噓，傻女發夢啫，速速安撫，行得走得，冇穿冇爛，百無禁忌，
美意延年。

承諾，給女兒 (2016/05/24)

我捨得

放手

站在不遠處

足夠空間

讓妳舒展

飛翔

足夠距離

避開我倆磨擦碰撞

倘妳跌倒

我得及時

趕到妳身旁

將來

總有那一日

還會

張開翅膀

站在妳肩上

當初手牽手（2016/08/22）

然後有一天（總有一天）

我落後

等我（等等我）

等我

等我坐下來

風吹華髮

亂叩心神

等我抬頭模糊背影。去遠

那時候（等到那時候）

等我衷心祝福

一切美好等在你前頭

———（給親愛的女兒）

（二）我們我地

我們有一個夢想（2012/06/04）

有一年六月
廣場上
大鼓鼕鼕
遠遠聽見的
人們
遠遠來
聚集
聆聽

我們年輕　我們有一個夢想

齊齊締造

明天

我們辯論

我們彈劾

我們頌讚

我們沉默

都可以

我們年輕的夢想

那一年六月

廣場上

砰砰碰碰速速

埋沒

苟且留下我們

心頭抽搐

未敢忘記

每一年六月

大鼓鼕鼕

在夢想里

廣場上不准聚集

我們不再年輕

那一個明天

不要忘記

我們不再年輕

靜靜地

默默地

切切

傳開去

我們年輕的夢想

要年輕的你

聽得見

年輕的你要聽得見

我們也不回頭（2012/06/14）

有人死了
　安息去了
旺陽死了
　把瞌睡的良知
　叫活了

有人心眼昧了
　別過頭看不見了
旺陽雙目弄瞎了
　心窗里自由的風景
　打開讓人人嚮往了

有人打結
　緊緊套住了
旺陽的牽繫
　有眼的人都看見了
　有心的人都感召了

我們也不回頭

國家事
了亦未了
我們接踵而至
不容
不了了之

我們只要公道（2013/04/22）

橫
　風
　　橫
　　　雨
我們樸實的訴求
瀉遍人間
處處
回響
呼應
支撐
我們只要公道
只要
活得像一個人

像人一樣生
活

絕望之後（2014/03/03）

啊，你也在這兒
一齊
堅持
站在這一邊
企穩
驚就兩份

仲未知點解？（2014/06/19）

瞓醒一覺

睇天做人

黑黰黰

擔遮唔擔遮呢

落街買菠蘿雞尾鋪仔又執埋

街市阿姐話再冇新界菜賣

有冇人知點解

臉書洗版

人伕事喎

電視新聞嘈喧巴閉勢兇夾狼

有人頭擰擰

都話好仔唔當差

真唔知定假唔知

點解？

黎明之前 (2014/07/11)

最黑暗的時刻　黎明之前　酣睡的　裝睡的　窗簾拉攏的　看不見

又是年輕人企出來帶領　跨前一步
明天
沒有承諾　未許前瞻
暗夜留守
同行就是朋友　凝聚即成力量
逼到埋牆　要做啱嘅事　爭取應得嘅野
一枝竹會易折彎　電話那頭　阿媽話我支持你
灑淚走向黎明
已經是不一樣的明天

這一個晚上（2014/08/31）

黑暗裡

孤月問平安

有雨

澆不熄

人人手中

掌握

民主光芒

高高舉起

照亮

心底

不肯背棄的理想

撐（2014/10/06）

秋來留夏暑

赤日炎炎

風雨淒淒

我在遠方打傘

你累的時候

也知道

不孤單

山（2014/11/13）

我們聽說過
山登絕頂
相信
自己

我們聽說過
有人呼喚
山不動

山不動
不變
應萬變

山不動
如果仰望
如果攀越
如果振奮人心

當下
我們多麼需要
穩重
不移

今天不回家（2014/11/17）

洗換乾淨的床鋪（已經五十日了麼）
摺疊整齊的衫褲
老火豬腱南北杏羅漢果蜜棗西洋菜湯
現在已經夜深了
電視音量收細
側耳留心
希冀
鎖匙轉動的一刻

北風吹來
耳邊母親溫暖的嘮叨
城中荒謬繼續挑釁
躁動的心靈
爐頭上西洋菜湯等待安撫滋潤

甚麼時候可以回家呢

最是橙黃橘綠時 (2015/01/01)

石屎森林
那裡看得見荷蓬
一朵朵高舉起來了
那裡看得見霜菊
牆上留下來了

煙霧中帶淚走過
手牽手
握緊
我們需要溫柔的力量

來日方長

樹想（2015/08/10）

樹想
浪遊不是我的本分

站得穩就好
挺得住暴曬風雷雨電也好

鳥兒來歇腳結巢就好
情侶刻下心心相印也好

沒有泥土
依附石牆也好

只要根在
守住新生也好

我們一直相信（2015/08/26）

如果迷了路
找著
路軌
循規蹈矩
有安穩回家的定向

如果相遇
在不同的軌道上
各有各的路向
仍然歡歡喜喜
打招呼
兩下鈴聲
又擦身而過
甚至不拉一下手

人生漫漫
歲月悠悠

希望（2015/12/05）

我們臆測
思疑
哪來的希望
是不是
陰霾暴雨後的彩虹
是不是
點亮孤燈暗暗的守候

看
公路邊的樹
弱嫩枝葉竟自長出來了

是不是
沉著頑強委曲求全
是不是
石縫衍生一絲堅毅
我們臆測
思疑
哪來的希望

太陽下山之前（2015/12/09）

可不可以打開窗

看一趟

藍天　白雲

水色　山光

對證

書本

不騙人

呃

還有

太陽下山

就是牆掛月曆哪模樣

沙 （2016/06/17）

沙
總教腳下不自在
翻手作雲覆手雨
哼
明明
吹散了
又聚集
起來
鞏固一座城

這是一個微小的冀望（2016/07/19）

外面的歪風還在吹嗎

簌簌

颯颯

呼呼颼颼

窗寒霎霎

這是一個微小的冀望

從此刻開始

從慈悲開始

從嘗試開始

從努力開始

從堅持開始

我們需要立即開始

我們每一個人確信

每一個人是一個人

每一天

有平平安安回家的自由

每一天

有返回親愛家人身邊團聚的
自在

我們從此刻開始
每一個人
每一天
記住

回家路上沒有恐襲打壓

（三）童言

懷緬過去（2015/04/20）

披頭四鼓手靈高七十四，為新歌集宣傳，接受雜誌訪問，不肯緬懷舊日。「我向前看，不回頭。逝去了的經已逝去。我們不能沒有回憶但不需要沉溺。」

講就容易。

懷舊潮一浪接一浪，我們活在其中。貼身的，時裝界最熱鬧，逐年代復古。女兒撳我衣櫃，翻出線衣短裙手袋皮鞋，執到寶，歡天喜地穿插朋輩間，惹來艷羨，It's the real thing！

昨晚我在臉書，失驚無神，誤墮時光隧道，挨住包租公房門邊，電台莫佩文周聰尹芳玲，「那春風輕吹　青青芳草滿地　為何又偷白怨」。

我願似花嬌美那些日子。

冇雷公咁遠。

的而且確扯遠了。

要怪，怪那晨曉鳥噪，近日擾人清夢，醒來眼光光，思前想後。

耳畔響起，日前對話：

「I am so tired I don't really want to cook any more. Hey, I am practising my Chinese with the lady in the takeaway. I successfully ordered chicken fried rice. 」

「咁你點講呀？」

「一個雞炒飯吖唔該。」「要大定細呀？」「嘎？」「大三鎊八、細三鎊二。」「大啦唔該。」

洋洋得意，沾沾自喜。

這就是我不是了。三歲半入學前，廣東話流俐，雜貨鋪老闆娘讚，嘩咁牙尖嘴利，大個女去做律師囉。我曾經白紙黑字端端正正抄下她學會的字彙詞句、會背的兒歌，那幾頁紙在哪裡？翻箱倒櫳，遍尋不著。卻找到一冊藍色筆記本，英文打字。

這是緣起。一切由晨噪失眠開始。

藍冊子內載廿五首長短句，時維九八年三月至八月。命題《Sunshine in the Morning: A collection of early memories of my nearly seven year old》。

記起來了。是一年級班主任沙遜太太，聽我說女兒的閒話，鼓勵我寫下來的。老師一邊校讀，一邊大笑，哎吔你唔講我都唔記得，我個仔都係咁。之後她正正經經與我說，去印咗佢啦。於是我厚顏去碰釘子。於是我知醜收埋櫃桶底。

久別重逢，不勝唏噓。忽生奇想，敝帚自珍，譯個「童言」小輯吧，同來度春日暖。

小兜問，長大後這些故事是甚麼味道呢？

問邊個呢？孩子原來沒有大象的記憶，女兒一點都不記起。而我，這小輯，試圖實驗，廣東話長短句，以為印記。歲月囉嗦，幾時都係五味架。

懷緬過去，一半樂事，一半令人流淚。

童言1：委屈（2015/04/13）

做乜咁大聲喝我嗝

爸爸？

嘽

睇唔睇到

我個心

您傷咗佢少少

呢度

* * * * *

Why do you have to yell at me

Papa?

Now

Can you see

My feeling

You hurt it a little bit

Here

（3/7/98）

童言 2: 婚事（2015/04/15）

唔好掛住嘞　媽媽

我四歲

梗係識得

結婚咪係　拖手同抱抱

等我大個女

嗯

去嫁我惜晒嗰個

到我大個女　噂

爸爸

係我惜晒嗰個

* * * * *

Don't worry about me, Mama
I am four
Of course I am
Old enough to know
Getting married is to
Hold hands and have a cuddle
When I grow up
You know
I'll marry the one I love most

When I grow up you know,
Papa,
He is the one I love most

(17/4/98)

童言 3：倒霉 (2015/04/18)

點解

總係冇人見到

阿卜摑我面

阿湯扯孖辮

阿積推落地

阿旦掟波餅

成日

放學呢度瘀嗰度瘀

玩數字遊戲占美奸賴

扑佢笨頭

先生即刻罰企牆角落

深深不忿

「我話過以後都唔要返學！」

* * * * *

Why is that

Nobody saw

Robert slapped my face

Thomas pulled my plaits

Jack pushed me to the floor

Daniel hit me with a ball

So many times

I went home with sores

When Jamie cheated at his

number game

I knocked on the blockhead

The teacher immediately sent

me to

the corner

Furiously I raged

" I don't want to go to school

EVER!"

(3/5/98)

童言 4: 獨食 （2015/04/24）

你點我唔知
不過我
鍾意
莉絲生日蛋糕嘅藍色糖花
乳酪杯啲朱古力碎
多士同埋薄餅皮　脆脆

我冇　兄弟　姐妹
完全唔使理
木捨得食仕
留番
最攞尾

* * * * *

I don't know about you

But I do

Love

Blue icing on Lizzie's birthday cake

Chocolate flakes in my yoghurt corner

Crispy crust of my toast

Also, my pizza

Since

I have no brothers, nor sisters

I always save

These

Till last

(10/6/98)

童言 5: 霎氣 (2015/04/28)

點解要上床
咁嘅時間
瞓喺度
眼光光
未夠九點啫

聽到電視聲
好似好口乾
唔該，飲多啖
而家返去瞓
早抖　　晚安

仲係見到光
搵到粒蚊瓡
面珠墩
搽藥膏係咪
知喇
去瞓

啍

今次

真係最後一次落嚟

應承您

唔使勞氣

媽媽

唔該您

唔該您同我冚被……

* * * * *

Why do I have to go to bed

What a waste of time

Lying here

Can't close my eyes

It's not even nine

I can hear the telly
I think I feel thirsty
Please, just one more sip
Then I'll go to sleep
Night night   Sleep tight

Still I can see light
I have found an insect bite
It is on my chin
Do I need some cream
All right
Night night

Now
This is
The last time I come
downstairs

Cross my heart

No need to shout

Mama

Please can you

Please pull my cover …

(9/7/98)

童言 6：著數（2015/05/14）

你知道冇
嗰個牙仙
梗係大富婆
噚晚佢留低一鎊
換我第一隻乳牙

唔信問下
祖同愛美麗　法蘭絲同亨利　寶蓮同慧曹
天光瞓醒　冚唪唥
喺枕頭底執到寶

我哋梗知道
嗰一鎊點使
但係牙仙　執嚟有乜用
愛美麗買朱古力　阿祖要雪糕
牙仙淨係要
隻牙有個窿？

* * * * *

Do you know

The Tooth Fairy

She must be a very rich lady

Last night

She left £1 for my first milk tooth

Go and ask

Joe and Emily , Frances and Henry ,

Pauline and Rachel

Woke up in the morning

They all found

A coin under their pillows

We all know

Exactly

What to do with our pound

But Tooth Fairy

What is she going to do

With what she found

Chocolates for Emily , Ice cream for Joe

All the Tooth Fairy wants is

A tooth with a hole?

(22/5/98)

童言 7：無理（2015/07/26）

好唔公道
激死人
爸爸媽媽傾偈
我加把嘴
哼！
　　唔畀

「話唔好意思先！」
「大人講嘢咪插嘴！」

我啤啤嗰陣　佢哋
千方百計𠱁我出聲
而家開籠雀啦
又喝我收聲

　　　　＊　＊　＊　＊　＊

It＇s not fair

And it made me very cross

When Papa and Mama talked

I wanted to join in

No!

   I could not

"Say excuse me please！"

"Wait until we've finished！"

When I was a baby, they

Got me to

   Open up

Then when I did

They told me to

   Shut up

（24/4/1998）

童言 8: 華髮 （2015/12/22）

您老來
我照顧您　媽媽

我去
執屋
買餸
再斟多杯茶

我仲會
煮飯
洗車 ― 唔係嘞
嘩　隨時隨地
我車您吧

嘿　媽媽
睇下
又多條白頭髮
您拔咗佢

定係我嚟
即刻
咪等陣喇

* * * * *

I will look after you
When you are old, Mama

I shall
tidy up
do your shopping
make you a second cup

I may even
cook you dinner
wash your car — no

No, I'll take you

Anywhere

Whenever

But, Mama

Look here

It's another

grey hair

You pull it out

or I will

NOW!

Not later

(24/9/98)

童言 9: 困惑 （2016/06/19）

唔制，
我唔入去嗰度
佢淨係著住件紅袍
我唔想見到

聖誕老人
實係忙緊
包禮物
準備出門上路
點得閒
坐喺度
聽傾訴

我去瞓之前
您擔保
佢知道我喺度？
其實佢點知屋裡面有細路？

佢點鑽入堵塞嘅煙囪

點去冇煙囪嘅屋企度？

一晚佢點送得晒所有禮物？

幫手佢會唔會嗌晒商場嗰班

著住紅袍……

＊　＊　＊　＊　＊

No,

I am not

going into THAT grotto

He is just

a man in red coat

I don't want to know

Father Christmas

He must be very busy

wrapping up presents

getting ready for his journey

He wouldn't have time

sitting there

listening to wishes

Before I go to bed

are you sure

he knows I am here?

How can he tell

there are children in the house?

How can he manage

getting into blocked chimneys

even into houses without?

How can he deliver

all the presents

just inside the small hours?

Will he ever enlist

all those men in red coats

in shopping centres

as helpers ......

（ 22/5/98 ）

童言 10：志願 （2016/06/19）

初初有人問我
大個女
想做乜呀
嗄！
「喺超級市場收銀
爸爸媽媽可以嚟幫襯」

一年後又有人再問
今次
「坐順風車
同爸爸一齊返工
喺 究中心」

後來諗吓諗吓
都係咪喇
或者
體操選手？
啱啱學識側手翻同埋前後筋斗

而家
你再問我
唔……
我淨係想好似媽媽
喺屋企
煮兩餐算喇

* * * * *

When I was first asked

What I'd like to do

When I am bigger

Ah!

"At a supermarket checkout, so

Mama and Papa can come to my counter"

That question came back

After a year

This time
" At the same place with Papa
I'll be a scientist too
and go to work in his car"

Maybe it's not a good idea
Perhaps
a gymnast?
I just learned cartwheels and somersaults —
that was the thought, much later

Now, if you asked me
Well … I just want to be
Like Mama
Staying home
Cookiing dinner

(7/9/98)

靜樹和風（2015/05/08）

「媽媽，點解您要咁老？」

「傻女，咁你唔開心吖？」

「啲啲啦。我大個嗰陣您都唔喺度，我點算好？」

* * * * *

"Mama, why do you have to be so old?"

"Does it upset you honeybunch?"

"A bit. When I am older, you won't be around. What am I going to do?"

後語

書成，感謝，總編許迪鏘一口承擔，延押退休計劃。大拇指，永遠的支持。

書成，感激志華，一而再，將網誌存檔精心編製。今日，我手中有原來初稿世上無雙的珍貴釘裝，又有修飾重組的文章出版。

書成，有亞啤的照片封面封底包容，有女女分組插畫配合。

這書成為我們的紀念冊。

親情友緣溫馨暖意，值得留住這份美好。